Tie
Ning

一千张

糖纸　　铁凝

江苏凤凰文艺出版社

图书在版编目（CIP）数据

一千张糖纸 / 铁凝著. — 南京：江苏文艺出版社，2015.5

（百合文丛）

ISBN 978-7-5399-6447-8

Ⅰ.①—… Ⅱ.①铁… Ⅲ.①散文集—中国—当代 Ⅳ.①I267

中国版本图书馆CIP数据核字（2013）第180240号

书　　　名	一千张糖纸
著　　　者	铁　凝
责 任 编 辑	孙金荣
出 版 发 行	江苏凤凰文艺出版社
出版社地址	南京市中央路165号，邮编：210009
出版社网址	http://www.jswenyi.com
经　　　销	凤凰出版传媒股份有限公司
印　　　刷	三河市华东印刷有限公司
开　　　本	880×1230毫米　1/32
印　　　张	8.25
字　　　数	200千字
版　　　次	2015年5月第1版　2022年1月第3次印刷
标 准 书 号	ISBN 978-7-5399-6447-8
定　　　价	38.00元

（江苏凤凰文艺版图书凡印刷、装订错误可随时向承印厂调换）

目录

一千张糖纸

003　共享好时光
008　一千张糖纸
012　一件小事
015　与陌生人交流
021　想象胡同
026　面包祭

草戒指

037　风筝仙女
042　男性之一种
046　女性之一种
051　河之女
057　罗丹之约
061　你在大雾里得意忘形
065　可爱的女人
068　草戒指

告别伊咪

075　床的歌
081　麻果记
087　城市的客厅
092　闲话做人
096　看卖古董
098　别怕
101　洗桃花水的时节
107　三月的一个晚上在福州
113　孩子之一种
118　惦念
123　告别伊咪

温暖孤独旅程

145　心灵的黑白故事
152　我看父亲的画

155	擀面杖的故事
161	您的微笑使我年轻
164	温暖孤独旅程
167	套袖

女人的白夜

173	正定三日
180	被荒唐证实着的传说
183	女人的白夜
189	我在奥斯陆包饺子
192	寻找珍妮弗
197	想起阿尔那张床
201	安格尔在过街通道里
205	我在奥斯汀请客
209	在纽约逛旧货市场

我的小传

215　二十二年前的二十四小时
220　一个人的热闹
222　母亲在公共汽车上的表现
227　我们与保定
231　真挚的做作岁月
252　我的小传

一千张糖纸

共享好时光

一千张糖纸

一件小事

与陌生人交流

想象胡同

面包祭

共享好时光

我记事以来的第一个女朋友,是保姆奶奶的一位邻居,我叫她大荣姨。

那时候我三岁,生活在北京。大荣姨是个中学生,有一张圆脸,两只细长眼睛,鼻梁两侧生些雀斑。我不讨厌她,她也特别喜我,经常在中午来到保姆奶奶家,自愿哄我睡午觉,一边给我讲些啰嗦而又漫长的故事,也不顾我是否听得懂。那些故事全被我遗忘了,至今只记得有个故事中的一句话:"他走到了一个十字路口……"什么叫狮子路口呀?三岁的我竭力猜测着:一定是那个路口有狮子。狮子我是见过的,父母抱我去过动物园的狮虎山。但我从未向大荣姨证实过我的猜测,因为每当她讲到"十字路口"时,我就快睡着了。梦中也没有狮子,倒常常出现大荣姨那张快乐的圆脸。

我弄懂"十字路口"这个词的含意是念小学以后的事。在上学、放学的路上,每当我和同学们走到十字路口,便会想起大荣姨故事中的那句话。真是的,三岁时我连十字路口都不明白。我站在十字路口,心中笑话自己。这时我已随父母离开了北京,离开了我的保姆奶奶和大荣姨。但我仍然愿意在假期里去北京看望她们。

小学二年级的暑假里,我去北京看望了保姆奶奶和大荣姨。奶奶添了不少白头发,大荣姨是个地道的大人了,在副食店里卖酱油——这使我略微有点失望。我总以为,一个会讲"十字路口"的人不一定非卖酱油不可。但是大荣姨却像从前一样快乐,我和奶奶去她家时,见她正坐在一只马扎上编网兜,用红色透明的玻璃丝。她问我喜欢不喜欢这种网兜,并告诉我,这是专门装语录本用的。北京的女孩子,很多人都在为语录本编织小网兜,然后斜背在身上,或游行,或开会,很帅,正时兴呢。

那时的中国,已经到了人手一册《毛主席语录》的时期。我也拥有巴掌大的一本,觉得若是配以红玻璃丝网兜背在肩上,一定非比寻常。现在想来,我那时的心态,正如同今日女孩子们渴盼一条新奇的裙子或一双时髦的运动鞋那般焦灼了。我请大荣姨立刻给我编一个小网兜,大荣姨却说编完手下这个才能给我编,因为手下这个也是旁人求她的,那求她的人就在她的家里坐等。

我环顾四周,这才发现在不远处的一张椅子上,坐着一位和我年纪相仿的女孩子。大荣姨手中的这件半成品,便是她的了。

这使我有点别扭。不知为什么,此刻我很想在这个女孩子面前显示我和大荣姨之间的亲密,用现在的话讲,就是显示我们的"够哥儿们"。我说:"先给我编吧。""那可不行。"大荣姨头也不抬。

"为什么不行?"

"因为别人先求了我呀。"

"那你还是我的大荣姨呢。"

"所以不能先给你编。"

"就得先给我编。"我口气强硬起来,心里却忽然有些沉不住气。

大荣姨也有点冒火的样子,又说了一个"不行",就不再理我的茬儿了。

看来她是真的不打算先给我编,但这已不是最重要的。重要的是这使我在那陌生女孩子跟前出了丑,这还算朋友么?我嘟嘟囔囔地出了大荣姨的家,很有些悲愤欲绝,并一再想着,其实那小网兜用来装语录本,也不一定好看。

第二天早晨,当我一觉醒来,发现枕边有一只崭新的玻璃丝网兜,那网兜的大小,恰好可装一本四十八开《毛主席语录》。保姆奶奶告诉我,这是大荣姨连夜给我编的,早晨送过来就上班去了,我撅着嘴不说话,奶奶说我不懂事,说凡事要讲个先来后到,自家人不该和外人"嚼清"。

那么,我是大荣姨的"自家人"了,我们是朋友。因为是朋友,她才会断然拒绝我那"走后门"式的请求。

我把那只小网兜保存了很多年,直到它老化得又硬又脆时。虽然因为地理位置,因为局势和其他,我再也未曾和大荣姨见过面,但我们共度的美好时光却使我难以忘怀。什么时候能够再次听到朋友对你说"那可不行"呢,敢于直面你的请求并且说"不行"的朋友,往往更加值得我们珍惜。

打那以后,直至我长大成人,便总是有意躲避那些内容空洞的"亲热"和形态夸张的"友好"。每每觉得,很多人在这亲密的外壳中疲惫不堪地劳累着,你敢于为了说一个真实的"不"而去破坏这状态么?在人们小心翼翼的疲惫中,远离我们而去的,恰是友谊的真谛。

我想起那年夏季在挪威,随我的丹麦朋友易德波一道去看她丈夫的妹妹。这位妹妹家住易卜生故乡斯凯恩附近,经营着一个小农场。正是夕阳普照的时刻,当我们的车子停在农场主的红房子跟前时,易德波的小姑首先迎了出来。那是一位有着深栗色头发的年轻妇女,身穿宽松的素色衣裙。这时易德波也从车上缓缓下来,向她的小姑走去。我以为她们会快步跑到一起拥抱、寒暄地热闹一阵,因为她们不常见面,况且易德波又带来了我这样一个外国人。但是姑嫂二人都没有奔跑,她们只是彼此微笑着走近,在相距两米左右站住了。然后她们都抱起胳膊肘,面对面地望着,宁静、从容地交谈起来,似乎是上午才碰过面的两个熟人。橙红色的太阳笼罩着绿的草地、红的房子和农场的白色围栏,笼罩着两个北欧女人沉实、健壮的身躯,世界显得异常温馨和美。

那是一个令我感动的时刻,使我相信这对姑嫂是一对朋友。拉开距离的从容交谈,不是比紧抱在一起夸张地呼喊更真实么?拉开了距离彼此才会看清对方的脸,彼此才会静心享受世界的美好。

一位诗人告诉我,当你去别人家做客时,给你摆出糖果的若是朋友,为你端上一杯白开水的便是至交了。只有白开水的清淡的平凡,才能使友人之间无所旁顾地共享好时光吧。

每当我结识一个新朋友,总是不由自主地想起卖酱油的大荣姨和那一对北欧的姑嫂,只觉得能够享受到友人直率的拒绝和真切的清淡,实在是人生一种美妙的时光。

1991年

一千张糖纸

小学一年级的暑假里,我去北京外婆家做客。正是"七岁八岁讨人嫌"的年龄,外婆的四合院里到处都有我的笑闹声。加之隔壁院子一个名叫世香的女孩子跑来和我做朋友,我们两人的种种游戏更使外婆家不得安宁了。

我们在院子里跳皮筋,把青砖地跺得砰砰响;我们在枣树下的方桌上玩"抓子儿","羊拐"撒在桌面上一阵又一阵哗啦啦啦、哗啦啦啦;我们高举着竹竿梆枣吃,青青的枣子滚得满地都是;我们比赛着唱歌,你的声音高,我的声音就一定要高过你。外婆家一个被我称做表姑的人对我们说:"你们知道不知道什么叫累呀?"我和世香互相看看,没有名堂地笑起来——虽然这问话没有什么好笑,但我们这一笑便是没完没了,上气不接下气。是啊,什么叫累呢?我们从来没有思考过累的问题。有时候听见大人说一声"喔,累死我了!"我们会觉得那是因为他们是大人呀,"累"距离我们是多么遥远呵。

当我们终于笑得不笑了,表姑又说:"世香不是有一些糖纸么,为什么你们不花些时间攒糖纸呢?"我想起世香的确让我参观过她攒的一些糖纸,那是几十张美丽的玻璃糖纸,被她夹在一本薄薄的书里。可我既没有对她的糖纸产生过兴趣,也不打算重视表姑的话。表姑也是外婆的客人,她住在外婆家养病。

世香却来了兴致,她问表姑说:"您为什么让我们攒糖纸呀?"表姑说糖纸攒多了可以换好东西,比方说一千张糖纸就能换一只电动狗。我和世香被表姑的话惊呆了:我们都在百货大楼见过这种新式玩具,狗肚子里装上电池,一按开关那毛茸茸的小狗就汪汪叫着向你走来。电动狗也许不会被今天的孩子所稀奇,但在二十多年以前,在中国玩具单调、匮乏的时代,表姑的允诺足以使我们激动很久。那该是怎样一笔财富,那该是怎样一份快乐!更何况,这财富和快乐将由我们自己的劳动换来呢。

我迫不及待地问表姑糖纸攒够了找谁去换狗,世香则细问表姑关于糖纸的花色都有什么要求。表姑说一定要透明玻璃糖纸,每一张都必须平平展展,不能有皱褶。攒够了交给表姑,然后表姑就能换给我们电动狗。

一千张糖纸换一只狗,我和世香若要一人一只,就需要二千张糖纸。这不是一个小数目,但我们信心百倍。

从此我和世香再也不跳皮筋了,再也不梆枣吃了,再也不抓子儿了,再也不扯着嗓子比赛唱歌了。外婆的四合院安静如初了,我们已开始寻找糖纸。

当各式各样的奶糖、水果糖已被今日的孩子所厌倦时,从前的我们正对糖寄予着无限的兴趣。你的衣兜里并不是随时有糖的,糖纸——特别是包装高档奶糖的玻璃糖纸也不是到处可见。我和世香先是把零花钱都买了糖——我们的钱也仅够买几十块高级奶糖,然后我们突击吃糖,也不顾糖把嗓子齁得生疼,糖纸总算到手了呀；我们走街串巷，寻找被人遗弃在犄角旮旯儿的糖纸，我们会追随着一张随风飘舞的糖纸在胡同里一跑半天；我们守候在食品店的糖果柜台前，耐心等待那些领着孩子前来买糖的大人，等待他们买糖之后剥开一块放进孩子的嘴，那时我们会飞速捡起落在地上的糖纸，或是"上海太妃"，或是"奶油咖啡"；我们还曾经参加世香一个亲戚的婚礼，婚礼上那满地糖纸令我们欣喜若狂。我们多么盼望所有的大人都在那些日子里结婚，而所有的婚礼都会邀请我们！

我们把那些皱皱巴巴的糖纸带回家，泡在脸盆里使它们舒展开来，然后一张一张贴在玻璃窗上，等待它们干后再轻轻揭下来，糖纸平整如新。

暑假就要结束了，我和世香每人都终于攒够了一千张糖纸。在一个下午，表姑午睡起来坐着喝茶的时候，我们走到她跟前，献上了二千张糖纸。

表姑不解地问我们这是干什么，我们说狗呢，我们的电动狗呢？表姑愣了一下，接着就笑起来，笑得没完没了，上气不接下气。待她笑得不笑了，才擦着笑出的泪花说："表姑逗着你们玩哪，嫌你们老在院子里闹，不得清静。"

世香看了我一眼，眼里满是悲愤和绝望，我觉得还有对我的藐视——毕竟，这个逗着我们玩的大人是我的表姑呵。这时我忽然有一种很累的感觉，我初次体味到大人们常说的累，原来就是胸腔里那颗心的突然加重吧。

我和世香拿回我们的糖纸来到院里，在院子门口，我把我精心"打扮"过的那一千张糖纸扔向天空，任它们像彩蝶一样随风飘去。

我长大了,在读了许多书识了许多字之后,每逢看见"欺骗"这个词,总是马上联想起"表姑"这个词。两个词是如此紧密地在我意识深处挨着,岁月的流逝也不曾将它们彻底分离,让我相信大人在轻易之间就能够深深伤害孩子,而那深深的伤害会永远地藏进孩子的记忆。

孩子是可以批评的,孩子是可以责怪的,但孩子是不可以欺骗的,欺骗本是最深重的伤害。

我们已经长大成人,可所有的大人不都是从孩童时代走来的么?

1992 年

一件小事

十五岁那年,我很迷恋打针,找到母亲一位在医院工作的朋友作老师,向她学会了注射术。

自从我学会了打针,便开始期盼眼前有病人,不论是家人或外人。我备齐针具,严格按照程序一次次操作着。一天,有位邻居来找我,说她每天都要去医院注射维生素 B_{12},我若能为她注射,便可免却她每天跑医院的麻烦。我愉快地接受了她的请求。

这位邻居本是天津知青,因病没有下乡,大约在天津又找不到工作,才来到我们的城市投奔她的姨母,并在一家小厂谋到了事做,她好像是那种心眼儿不坏,但生性高傲的姑娘,学过芭蕾,很惹男性注意。这样的邻居求我,弄得我心花怒放。

每日的下午,我放学归来,便在我家像迎接公主一样迎接我的病人了。一连数日,事情进行得都很顺利,我的手艺也明显地娴熟起来。熟能生巧,巧也能使人忘乎所以乃至贻误眼前的事业。这天我的病人又来了,我开始做着注射前的准备:把针管、针头用纱布包好放进针锅(一个小饭盒),再把针锅放在煤气灶上煮。煮着针,我就和病人聊起天来,聊着小城的新闻,聊着学生的前途。不知过了多久,我才突然想起煤气灶上的事。

有句很诙谐的俗话形容人在受了惊吓时的状态,叫做"吓出了一脑袋头发",这形容正好用于我当时的状态。我已意识到我受了很大的惊吓,那针无疑是大大超过了要煮的时间。我飞奔到灶前关掉煤气,打开针锅观看,见里面的水已烧干,裹着针管的纱布已微煳,幸亏针管、针头还算完好。

我不想叫我的病人发现我被吓出的"一脑袋头发"和这煮干了的针锅,装作没事人似的,又开始了我的工作。我把药抽进针管,用碘酒和酒精为病人的皮肤消过毒,便迅速向眼前那块雪亮的皮肤猛刺。谁知这针头却不帮我的忙了,它忽然变得绵软无比。我一次次往下扎,针头一次次变作弯钩。针进不去,我那邻居的皮肤上,却是血迹斑斑。我心跳着弄不清眼前到底发生了什么事,但注射的失败是注定的了。这实在是一个大祸临头的时刻,惟有向病人公开宣布我的失败,我才能尽快从失败里得以解脱吧。我宣布了我的失败,半掖半藏地收起我那难堪的针头,眼泪已噼哩啪啦地掉下来。

我的邻居显然已知道背后发生了什么事,穿好衣服站在我眼前说:"这不是技术问题,是针头退了火,隔一天吧,这药隔一天没关系。"

邻居走了,我哭得更加凶猛,耳边只剩下"隔一天吧,隔一天吧"……难道真的只隔一天吗?我断定今生今世她是再也不会来打针了。

但是第二天下午,她却准时来到我家,手里还举着两支崭新的针头,她像什么事情也没有发生过一样,微笑着对我说:"你看看这种号对不对?六号半。"

这次我当然成功了。一个新的六号半,这才是我成功的真正基础吧。

许多年过去了,每当我因为一件小事的成功而飘飘然时,每当我面对旁人无意中闯下的"小祸"而忿忿然时,眼前总是闪现出那位邻居的微笑和她手里举着的两支六号半针头。

许多年过去了,我深信她从未向旁人宣布和张扬过我那次的过失。一定是因了她的不张扬,才使我真正学会了注射术,和认真去做一切事。

1990年

与陌生人交流

从前的我家,离我就读的中学不远。上学的路程大约十分钟,每天清晨我都要在途中的一家小吃店买早点。

那年我十三岁,念初中一年级。正是"深挖洞,广积粮"的时候,因此一入学便开始了拉土、扣坯、挖防空洞。虽说也有语文、数学等等的功课开着,但那似乎倒成了次要,考试是开卷的,造成了一种学不学两可的氛围。只有新增设的一门叫做"农业"的课,显出了它的重要。每逢上课,老师都要再三强调,这课是为着我们的将来而设。于是当我连"安培""伏特"尚不知为何物时,就了解了氮磷钾、人粪尿、柴煤肥以及花期、授粉、山药炕什么的。这来自书本的乡村知识并不能激发我真正的兴趣,或者我也不甘做一名真正的农民吧。我正在发育的身体,乐观地承受着强重的体力劳动,而我的脑子则空空荡荡,如果我的将来不是农民,那又是什么呢?我不知道。

每日的清晨,我就带着一副空荡的脑子走在上学的路上,走到那家小吃店门前。我要在这里吃馃子和喝豆浆,馃子就是人们所说的油条。这个时间的小吃店,永远是热闹的,一口五印大锅支在门前,滚沸的卫生油将不断下锅的面团炸得嗞嗞叫着,空气里有依稀的棉花籽的香气。这卫生油是棉籽油经过再加工而成,虽然因了它剔除不尽的杂质,炒菜时仍要冒出青烟,但当年,在这个每人每月只一百五十克食油供应的城市,能吃到卫生油炸出的馃子已是欢天喜地的事了。我排在等待馃子的队伍里,看炸馃子的师傅麻利、娴熟的操作。

站在锅前负责炸的是位年轻姑娘,她手持一双长的竹筷,不失时机地翻动着油条,将够了火候的成品夹入锅旁那用来控油的钢丝笆箩。因为油是珍贵的,控油这一关就显得格外重要。她用不着看顾客,只低垂着眼睑做着属于自己业务范围的事——翻动,捞起,但她的操作是愉快的,身形也因了这愉快的劳作而显得十分灵巧。当她偶尔因擦汗把脸抬起来时,我发现她长得非常好看,她那新鲜的肤色,那从白帽檐下掉出来的栗色头发,那纯净、专注的眼光,她的一切……在我当时的年岁,无法有词汇去形容一个成年女人的美,但一个成年女人的美却真实地震动着我,使我对自己充满自卑,又充满希冀。

关于美女,那时我知道得太少,即使见过一点可怜的图片,也觉得那图们分外遥远、虚渺。邻居的孩子曾经藏有一本抄家遗漏的《爱美莉亚》连环画,莎士比亚这个关于美女的悲剧故事吸引过我,可我并不觉得那个爱美莉亚美丽。再就是家中剩余的几张旧唱片了,那唱片封套上精美的画面也曾令我赞叹不已:《天鹅湖》中奥薇丽塔飘逸的舞姿,《索尔维格之歌》上袁运甫先生设计的那韵致十足,装饰性极强的少女头像……她们都美,却可望不可即。惟有这炸馃子的姑娘,是活生生的可以感觉和捕捉的美丽。她使我空荡的头脑骤然满当起来,使我发现我原本也是个女性,使我决意要向着她那样子美好地成长。

以后的早晨,我站在队伍里开始了我细致入微的观察,观察她那两条辫子的梳法,她站立的姿态,她擦汗的手势,脚上的凉鞋,头上的白布帽。当我学着她的样子,将两条辫子紧紧并在脑后时,便觉得这已大大缩短了我和她之间的距离。当寒冷的冬季我戴上围巾又故意拉下几缕头发散出来时,我的内心立刻充满愉快。日子在我对她的摹仿中生着情趣,脑子不再空荡,盯着黑板上的氮磷钾,我觉出一个新的我自己正在我身上诞生。

后来我们搬了家,再后来我真的去了有着柴煤肥和山药炕的那个广阔天地。我不能再光顾那家小吃店了。

当我在乡间路上,在农民的院子里遇见陌生的新媳妇时,总是下意识地将她们同那位炸馃子的姑娘相比,我坚信她们都比不上她。直到几年后我返回城市,又偶尔路过那家小吃店时,发现那姑娘还在。五印的铁锅仍旧沸腾着,她仍旧手持细长的竹筷在锅里拨弄。她的栗色头发已经剪短,短发在已染上油斑的白帽子边沿纷飞。她还是用我熟悉的那姿势擦汗。她抬起脸来,脸色使人分不清是自然的红润,还是被炉火烤得通红。她没了昔日的愉快,那已然发胖的身形也失却了从前的灵巧。她满不在乎地扫视着排队的顾客,嘴里满不在乎地嚼着什么。这咀嚼使她的操作显得缺乏专注和必要的可靠,就仿佛笸箩里的馃子其实都被她嚼过。我站在锅前,用一个成年的我审视那更加成年的她,初次怀疑起我少年时代的审美标准。因为,站在我面前的实在只是一名普通妇女。此刻她正从锅里抽出筷子指着我说:"哎,买馃子后头排队去!"她的声音略显沙哑,眼光疲惫而又烦躁。好像许多年来她从未有过愉快,只一味地领受着这油烟和油锅的煎熬。

我匆匆地向她指给我的"后头"走去,似乎要丢下一件从未告知他人的往事,还似乎害怕被人识破:当年的我,专心崇拜的就是这样一位妇女。

又是一些年过去,生活使我见过了许多好看的女性,中国的,外国的,年老的,年轻的……那炸馃子的师傅无法与她们相比,偶尔地想起她来,仿佛只为着证实我的少年是多么幼稚。

又是一些年过去,一个不再幼稚的我却又一次光顾那家小吃店了。记得是秋天的一个下午,我乘坐的一辆面包车在那家小吃店前抛锚。此时,门口只有一只安静的油锅,于是我走进店内。我看见她独自在柜台里坐着,头上仍旧戴着那白帽,帽子已被油烟沤成了灰色。她目光涣散,不时打着大而乏的呵欠,脸上没有热情,却也没有不安和烦躁,就像早已将自己的全部无所他求地交给了这店、这柜台。柜台里是打着蔫儿的凉拌黄瓜。我算着,无论如何她不过四十来岁。

下午的太阳使店内充满金黄的光亮,使那几张铺着干硬塑料布的餐桌也显得温暖、柔和。我莫名地生出一种愿望,非常想告诉这个坐在柜台里打着呵欠的女人,在许多年前我对她的崇拜。

"小时候我常在这买馃子。"我说。

"现在没有。"她漠然地告诉我。

"那时候您天天站在锅前。"我说。

"你要买什么?现在只有豆包。"她打断我。

"您梳着两条又粗又长的辫子,穿着白凉鞋,您……"

"你到底想干什么?"她几乎怪我打断了她的呆坐,索性别过脸不再看我。

"我只是想告诉您,那时候我觉得您是最好看的人,我曾经学着您的样子打扮我自己。"

"嗯?"她意外地转过脸来。

面包车的喇叭响了,车子已经修好,司机在催我上车。

我匆匆走出小吃店,为我这唐突的表白寻找动机,又为我和她那无法契合的对话感到没趣。但我忘不了她那声意外的"嗯",和她那终于转向我的脸。我多么愿意相信,她相信了一个陌生人对她的赞美。

不久,当又一个新鲜而嘈杂的早晨来临时,我又乘车经过这个小吃店。门前的油锅又沸腾起来,还是她手持竹筷在锅里拨弄。她的头上又有了一顶雪白的新帽子,栗色的卷发又从帽檐里滚落下来,那些新烫就的小发卷儿为她的脸增添着活泼和妩媚。她以她那本来发胖的身形,正竭力再现着从前的灵巧,那是一种更加成熟的灵巧。

车子从店前一晃而过。我忽然找到了那个下午我对她唐突表白的动机。正因为你不再幼稚,你才敢向曾经启发了你少年美感的女性表示感激,为着用这一份陌生的感激,再去唤起她那爱美的心意。

那小吃店的门口该不会有"欢迎卫生检查团"的标语吧?城市的饮食业,总要不时迎接一些检查团的;那小吃店的门前,会不会有电视摄像机呢?也许某个电视剧组,正借用这店作外景地。我庆幸我的车子终究是一晃而过,我坚信愿意坚信的:她的焕然一新分明是因为听见了我的感激。

当你克服着虚荣走向陌生人,平淡的生活里处处会充满陌生的魅力。

1990 年 6 月

想象胡同

少年时,由于父母去遥远的五·七干校劳动,我被送至外婆家寄居,做了几年北京胡同里的孩子。

外婆家的胡同地处北京西城,胡同不长,有几个死弯。外婆的四合院是一所坐北朝南的两进院子,院落不算宽敞,院门的构造却规矩齐全,大约属屋宇式院门里的中型如意门。门框上方雕着"福""寿"的门簪,垂吊在门扇上用作敲门之用的黄铜门铍,以及迎门的青砖影壁和大门两侧各占一边的石头"抱鼓",都有。或者,厚重的黑漆门扇上还镌刻着"总集福荫,备致嘉祥"之类的对联吧。只是当我作为寄居者走进这两扇黑漆大门时,门上的对联已换作了红纸黑字的"四海翻腾云水怒,五洲震荡风雷激"。

这样的对联,为当时的胡同增添着激荡的气氛。而在从前,在我更小的时候来外婆家做客,胡同里是安详的。那时所有的院门都关闭着,人们在自家的院子里,在自家的树下过着自家的生活。外婆的院里就有四棵大树,两棵矮的是丁香,两棵高的是枣树。五月里,丁香会喷出一院子雪白的芬芳;到了秋日,在寂静的中午我常常听见树上沉实的枣子落在青砖地上溅起的卟卟声。那时我便箭一般地窜出屋门,去寻找那些落地的大枣。

偶尔,有院门开了,那多半是哪家的女主人出门买菜或者买菜回来。她们把用一小块报纸包着的一小堆肉馅儿托在手中,或者是一小块报纸裹着的一小绺韭菜,于是胡同里就有了谦和热情、啰嗦而又不失利落的对话。说她们啰嗦,是因为那对话中总有无数个"您慢走""您有工夫过来""瞧您还惦记着""您呐……"等等等等。外婆隔壁院里有位旗人大妈,说话时礼儿就更多。说她们利落,是因为她们在对话中又很善于把句子简化,比如:

"春生来雪里蕻啦。"

"笔管儿有猫鱼。"

"春生"是指胡同北口的春生副食店,"笔管儿"是指挨着胡同西口的笔管胡同副食店。猫鱼是商店专为养猫人家准备的小杂鱼,一毛钱一堆,够两只猫吃两天。为了春生的雪里蕻和笔管儿的猫鱼,这一阵小小的欢腾不时为胡同增加着难以置信的快乐与祥和。她们心领神会着这简约的辞汇再道些"您呐、您呐",或分手,或一起去北口的春生,西口的笔管儿。

当我成为外婆家长住的小客人之后,也曾无数次地去春生买雪里蕻,去笔管儿买猫鱼,剩下零钱还可以买果丹皮和粽子糖。我也学会了说春生和笔管儿,才觉得自己真正被这条胡同所接纳。

后来,胡同更加激荡起来,这种啰嗦而利落的对话不见了。不久,又有规定让各家院门必须敞开,说若不敞开院中必有阴谋,晚上只有在规定时间门方可关上。外婆的黑漆大门冲着胡同也敞开了,使人觉得这院子终日在众目睽睽之下。

那时,外婆院子的西屋住着一对没有子女的中年夫妇——崔先生和崔太太。崔先生是一个傲慢的孤僻男人,早年曾经留学日本,现任某自动化研究所的高级工程师。夫妇二人过得平和,都直呼着对方的名字相敬如宾。有一天忽然有人从敞开的院门冲入院子抓走了崔先生,从此十年无消息。而崔太太就在那天夜里疯了,可能属于幻听症。她说她听到的所有声音都是在骂她,于是她开始逃离这个四合院和这条胡同,胳膊上常挎着一只印花小包袱,鬼使神差似的。听人说那包袱里还有黄金。她一次次地逃跑,一次次地被街道的干部大妈抓回。街道干部们传递着情况说:

"您是在哪儿瞧见她的?"

"在春生,她正掏钱买烟呢,让我一把就攥住了她的手腕儿……"

或者:"她刚出笔管儿,让我发现了。"

拎着酱油瓶子的我,就在春生见过这样的场面——崔太太被人抓住了手腕儿。

对于崔太太,按辈分我该称她崔姥姥的,这本是一个个子偏高、鼻头有些发红的善净女人。我看着她们扭着她的胳膊把她拥回院子锁进西屋,还派专人看守。我曾经站在院里的枣树下希望崔太太逃跑成功,她是多么不该在离胡同那么近的春生买烟啊。不久崔太太因肺病死在了西屋,死时,偏高的身子缩得很短。

这一切,我总觉着和院门的敞开有关。

十几年之后胡同又恢复了平静,那些院门又关闭起来,人们在自己的院子里做着自己的事情。当长大成人的我再次走进外婆的四合院时,我得知崔先生已回到院中。但回家之后砸开西屋的锈锁他也疯了:他常常头戴白色法国盔,穿一身笔挺的黑呢中山装,手持一根楠木拐杖在胡同里游走、演说。他并且在两边的太阳穴上各贴一枚图钉(当然是无尖的),以增强脸上的恐怖。我没有听过他的演说,目击者都说,那是他模拟出的施政演说。除了做演说,他还特别喜欢在貌似悠然的行走中猛地回转身,将走在他身后的人吓那么一跳。之后,又没事人似的转过身去,继续他悠然的行走。

我曾经在夏日里一个安静的中午,穿过胡同向大街走,恰巧走在头戴法国盔的崔先生之后,便想着崔先生是否要猛然回身了。在幽深狭窄、街门紧闭的胡同里,这种猛然回身确能给后面的人以惊吓的。果然,就在我走近笔管儿时,离我仅两米之遥的崔先生来了一个猛然回身,于是我看见了一张黄白的略显浮肿的脸。可他并不看我,眼光绕过我,却使劲朝我的身后望去。那时我身后并无他人,只有我们的胡同和我们共同居住的那个院子。崔先生望了片刻便又返回身继续往前走了。

以后我再也没有见过崔先生,只不断听到关于他的一些花絮。比如,由于他的"施政演说",他再次失踪又再次出现;比如,他曾得过一笔数额不小的补发工资,又被他一个京郊侄子骗去……

出人预料的是,当时我却没有受到崔先生的惊吓,只觉得那时崔先生的眼神是刹那的欣喜和欣喜之后的疑惑。他旁若无人地欣喜着自己只是向后看,然后便又疑惑着自己再转身朝前。

许多年过后,我仍然能清楚地回忆起崔先生那疾走乍停、猛向后看的神态,我也终于猜到了他驻步的缘由,那是他听见了崔太太对他那直呼其名的呼唤了吧?院门开了,崔太太站在门口告诉他,若去笔管儿,就顺便买些猫鱼回来,然而,崔先生很快又否定了自己,带着要演说的抱负朝前走去。

1994年

面包祭

你的脑子有时像一团飘浮不定的云,有时又像一块冥顽不化的岩石。你却要去追赶你的飘浮,锛凿你的冥顽。你的成功大多在半信半疑中,这实在应该感谢你冥顽不化、颠扑不灭的飘浮,还有相应的机遇和必要的狡黠。

于是,你突然会讲一口流利的外语了,你突然会游泳了,你突然会应酬了,你突然会烤面包了。

我父亲从干校回来,总说他是靠了一个偶然的机遇:庐山又开了一个什么会,陈伯达也倒了,影响到当时中国的一个方面,干校乱了,探亲的、托病的、照顾儿女的……他们大多一去不返,慢慢干校便把他们忘了。父亲的脱离干校是托病,那时他真有病,在干校得了一种叫做阵发性心房纤颤的病,犯起来心脏乱跳,心电图上显示着心律的绝对不规律。父亲的回家使我和妹妹也从外地亲戚家回到了他身边,那时我十三岁,妹妹六岁。母亲像是作为我家的抵押仍被留在干校。

那时的父亲是个安分的人,又是个不安分的人。在大风大浪中他竭力使自己安分些,这使得军宣队、工宣队找他谈话时总是说"像你这样有修养的人""像你这种有身份的人"当如何如何,话里有褒也有贬。但因了他的安分,他到底没有受到大的磕碰。关于他的大字报倒是有过,他说那是因为有人看上了他那个位置,其实那位置才是一家省级剧院的舞美设计兼代理队长。于是便有人在大字报上说他不姓铁,姓"修",根据是他有一辆苏联自行车,一台苏联收音机,一只苏联闹钟,一块苏联手表。为了证明这存在的真实性,大字报连这四种东西的牌子都作了公布,它们依次是"吉勒""东方""和平""基洛夫"。

"也怪了。"事后父亲对我说,"不知为什么那么巧,还真都是苏联的。"

这大字报震动不大,对他便又有了更具分量的轰炸。又有大字报说:干校有个不到四十岁的国民党员,挖出来准能把人吓一跳,因为"此人平时装得极有身份"。大字报没有指名道姓,父亲也没在意。下边却有人提醒他了:"老铁,你得注意点,那大字报有所指。"父亲这才感到一阵紧张。但他并不害怕,因为他虽有四件"苏修"货却和国民党不沾边。当又有人在会上借那大字报旁敲侧击时,他火了,说:"我见过日本鬼子见过伪军,就是没见过国民党。"他确实没见过国民党,他生在农村,日本投降后老家便是解放区了。鬼子伪军他见过,可那时他是儿童团长。

大字报风波过去了,父亲便又安分起来。后来他请病假长期不归也无人问津,或许也和他给人的安分印象有关。

父亲把我们接回家,带着心房纤颤的毛病。却变得不安分起来:他刷房,装台灯,做柜子,刨案板,翻旧书旧画报,还研制面包。

面包那时对于人是多么的高不可攀。这高不可攀是指人在精神上对它的不可企及,因此这研制就带出了几分鬼祟色彩,如同你正在向资产阶级一步步靠近。许多年后我像个记者一样问父亲:"当时您的研制契机是什么?"

"这很难说。一种向往吧。"他说。

"那么,您有没有理论或实践根据?比如说您烙饼,您一定见过别人烙饼。"

"没有。"

"那么您是纯属空想?"

"纯属空想。"

"您为什么单选择了面包?"

"它能使你有一种莫名其妙的冲动。"

父亲比着蜂窝煤炉盘的大小做了一个有门、门内有抽屉的铁盒子,然后把这盒子扣在炉上烧一阵,挖块蒸馒头的自然发酵面团放进抽屉里烤,我们都以为这便是面包了。父亲、我和妹妹三人都蹲在炉前等着面包的出炉,脸被烤得通红。父亲不时用身子挡住我们的视线拉开抽屉看看,想给我们个出其不意。我和妹妹看不见这正被烘烤着的面团,只能重视父亲的表情。但他的表情是暧昧的。只煞有介事地不住看表——他的"基洛夫"。半天,这面包不得不出炉了,我和妹妹一阵兴奋。然而父亲却显不出兴奋,显然他早已窥见了那个被烤得又煳又硬的黑面团。掰开闻闻,一股醋酸味儿扑鼻而来。他讪讪地笑着,告诉我们那是因为炉子的温度不够,面团在里边烘烤得太久的缘故。妹妹似懂非懂地拿起火筷子敲着那铁盒子说:"这炉子。"父亲不让她敲,说,他还得改进。过后他在那盒子里糊了很厚一层黄泥说："没看见吗？街上烤白薯的炉里都有泥，为了增加温度。"再烤时，泥被烤下来，掉在铁抽屉里。

后来他扔掉那盒子便画起图来。他画了一个新烤炉，立面、剖面都有，标上严格的尺寸，标上铁板所需的厚度。他会画图，布景设计师都要把自己的设计构想画成气氛图和制作图。他画成后便骑上他的"吉勒"沿街去找小炉匠，后来一个小炉匠接了这份活儿，为他打制了一个新炉子。新烤炉被扣在火炉上，父亲又撕块面团放进去。我和妹妹再观察他的表情时，他似有把握地说："嗯，差不多。"

面包出炉了，颜色真有点像，这足够我们欢腾一阵了。父亲嘘着气把这个尚在烫手的热团掰开，显然他又遇到了麻烦——他掰得很困难。但他还是各分一块给我们，自己也留一块放在嘴里嚼嚼说："怎么？烤馒头味儿。"我和妹妹都嘎嘎嚼着那层又厚又脆的硬皮，只觉得很香，但不像面包。我们也不说话。

后来父亲消沉了好一阵，整天翻他的旧书旧画报，炉子被搁置门后，上面扔着白菜土豆。

一次，他翻出一本《苏联妇女》对我说："看，面包。"我看到一面挂着花窗帘的窗户，窗前是一张阔大的餐桌。桌上有酒杯，有鲜花，有摆得好看的菜肴，还有一盘排列整齐的面包。和父亲烤出的面包相比，我感到它们格外的蓬松、柔软。

也许是由于画报上面包的诱发：第二天父亲从商店里买回几只又干又黑的圆面包。那时我们这个城市有家被称作"一食品"的食品厂，生产这种被称做面包的面包。不过它到底有别于馒头的味道。我们分吃着，议论、分析着面包为什么称其为面包,我们都发言。

那次的议论使父亲突然想起一位老家的表叔,四十年代,这表叔在一个乡间教堂里,曾给一位瑞典牧师做过厨师。后来这牧师回了瑞典,表叔便做起了农民。父亲专程找到了他,但据表叔说,这位北欧传道者对面包很不注重,平时只吃些土豆蘸盐。表叔回忆了他对面包的制作,听来也属于烤馒头之类。这远不是父亲的追求。从表叔那里他只带回半本西餐食谱,另外半本被表叔的老伴铰了鞋样。面包部分还在,但制作方法却写得漫无边际,比如书中指出:发面时需要"干酵母粉一杯"。且不说这杯到底意味着多大的容积,单说那干酵母粉,当时对于一个中国家庭来说大概就如同原子对撞,如同摇滚音乐,如同皮尔·卡丹吧?再说那书翻译之原始,还把"三明治"翻作"萨贵赤"。

一天,父亲终于又从外面带回了新的兴奋。他进门就高喊着说:"知道了,知道了,面包发酵得用酒花,和蒸馒头根本不是一回事。真是的。"我听着酒花这个奇怪的名字问他那是一种什么东西,他说他也没有见过。想了想他又说:"大概像中药吧。"我问他是从哪里听说的。他说,他在汽车站等汽车,听见两个中年妇女在聊天,一个问一个说,多年不见了,现时在哪儿上班;另一个回答在"一食品"面包车间。后来父亲便和这个"一食品"的女工聊起来。

那天,酒花使父亲一夜没睡好。第二天他便远征那个"一食品"找到了那东西。当然,平白无故从一个厂家挖掘原料是要费一番周折的。为此他狡黠地隐瞒了自己这诡秘而寒酸的事业,只说找这酒花是为了配药,这便是其中的一味。有人在旁边云山雾海地帮些倒忙,说这是从新疆"进口"的,以示它购进之不易。但父亲总算圆满了起初就把这东西作为药材的想象。

"很贵呢。"他举着一个中药包大小的纸包给我看,"就这一点,六块钱。"

那天他还妄图参观"一食品"的面包车间,但被谢绝了,那时包括面包在内的糕点制作似都具有一定保密性。幸好那女工早已告诉了他这东西的使用方法,自此他中断一年多的面包事业又继续起来。

他用酒花煮水烫面、发酵、接面、再发酵、再接面、再发酵……完成一个程序要两天两夜的时间。为了按要求严格掌握时间,他把他的"和平"闹钟上好弦,"和平"即使在深夜打铃,他也要起床接面。为了那严格的温度,他把个面盆一会儿用被子盖严,一会儿又移在炉火旁边,拿支温度表放在盆内不时查看。

一天晚上他终于从那个新烤炉里拽出一只灼手的铁盘,铁盘里排列着六只小圆面包。他垫着屉布将灼手的铁盘举到我们面前说:"看,快看,谁知道这叫什么?早知如此何必如此!"我看着他那连烤带激动的脸色,想起大人经常形容孩子的一句话:烧包。

父亲是烧包了,假如一个家庭中孩子和大人是具平等地位的话,我是未尝不可这样形容爸爸一下的。我已知道那铁盘里发生了什么事,放下正在写着的作业就奔了过去。妹妹为等这难以出炉的面包,眼皮早打起了架,现在也立刻精神起来。父亲发给我们每人一只说:"尝呀,快尝呀,怎么不尝?"他执意要把这个鉴定的权利让给我们,那次他基本是成功的,第一,它彻底脱离了馒头的属性；第二，颜色和光泽均属正常。不足之处还是它的松软度。

不用说，心中最为有数的还是父亲。

之后他到底又找到了那女工，女工干脆把这位面包的狂热者介绍给那厂里的一位刘姓技师。他从刘技师那里了解到一些关键所在，比如发酵后入炉前的醒面，以及醒面时除了一丝不苟的湿度，还有更严格的温度。

后来，当父亲确信他的面包足已超过了"一食品"（这城市根本没有"二食品"）所生产的面包时，他用张干净白纸将一个面包包好，亲自送到那面包师家去鉴定。

父亲回忆当时的情景说，那个晚上刘技师一家五六口人正蹲在屋里吃晚饭，他们面前是一个大铁锅，锅里是又稠又粘的玉米面粥，旁边还有一碗老咸菜，仅此而已。一个面包师的晚餐给他终生留下了印象。

面包师品尝了父亲的面包，并笑着告诉他说："对劲儿。自古钻研这个的可不多。我学徒那工夫，也不是学做面包，是学做蛋糕。十斤鸡蛋要打满一小瓮，用竹炊帚打，得半天时间。什么事也得有个时间，时间不到着急也没有用。"他又掰了一小口放在嘴里品尝着，还把其余部分分给他的孩子，又夸了父亲"对劲儿"。

父亲成功了，却更不安分起来，仿佛面包一次次的发酵过程，使他的脑子也发起酵来，他决心把他的面包提到一个更高阶段。

那时候尼迈里、鲁巴伊、西哈努克经常来华访问，每次访问不久便有一部大型纪录影片公演,从机场的迎接到会见、参观,到迎宾宴会。父亲对这种电影每次必看,并号召我们也看。看时他只注意那盛大的迎宾国宴,最使他兴奋的当然莫过于主宾席上每人眼前那两只小面包了。他生怕我们忽略了这个细节,也提醒我们说:"看,快看!"后来他干脆就把国宴上那种面包叫做"尼迈里"了。那是并在一起的两只橄榄型小面包,颜色呈浅黄,却发着高贵的乌光。父亲说,他能猜出这面包的原料配制和工艺过程,他下一个目标,便是这"尼迈里"。

为烘制"尼迈里",他又改进了发酵工艺及烤炉的导热性能。他在炉顶加了一个拱型铁板,说,过去他的炉子属于直热式,现在属热回流式。

他烤出了"尼迈里"说:"你面对一只面包,只要看到它的外观,就应该猜到它的味道、纤维组织和一整套生产工艺。"自此我也养成了一个习惯,便是对面包的分析。多年之后当我真的坐在从前尼迈里坐过的那个地方,坐在纽约曼哈顿的饭店里,坐在北欧和香港那些吃得更精细的餐馆里,不论面前是哪类面包,我总是和父亲的"尼迈里"做着比较,那几乎成为我终生分析面包的一个标准起点。也许这标准的真正起点,是源于父亲当年为我们创造的意外的氛围。我想,无论如何父亲那时已是一位合格的面包师了。

这些年父亲买到了好几本关于面包烘制法的书籍,北京新侨饭店的发酵工艺、上海益民厂的发酵工艺、北京饭店的、瑞典的、苏格兰的……还买了电烤箱,我们所在的城市也早已引进了法式、港式、澳大利亚式面包生产线,面包的生产已不再是当年连车间都不许他进的那个秘密时代了,然而父亲不再烘制了,他正在安分着他的绘画事业。只在作画之余,有时任意翻翻这书们说:"可见那时我的研究是符合这工艺的。"后来我偶然地知道,发酵作为大学里的一个专业,学程竟和作曲、高能物理那样的专业同样长短。

一只生着锈的老烤炉摆在他的画架旁边,作为画箱的依托。也许父亲忘记了它的存在,但它却像是从前的一个活见证,为我们固守着那不可再现的面包岁月。

1989 年 12 月

草戒指

风筝仙女
男性之一种
女性之一种
河之女
罗丹之约
你在大雾里得意忘形
可爱的女人
草戒指

风筝仙女

家居市区的边缘,除却拥有购物的不便,剩下的几乎全是方便。

我们的楼房前边不再有房子了,是一大片农民的菜地。凭窗而立,眼前地阔天高,又有粪味儿、水味儿和土腥味儿相伴,才知道你每天吃下去的确是真的粮食,喝下去的也确是活的水。

我们也不必担心窗外的菜地被人买去制造新楼,不必担心新楼会遮挡我们抛向远天远地的视线了:有消息说市政建设部门规划了菜地,这片菜地将变成一座公园。这使我们在侥幸的同时,又觉出一点儿失落,因为公园对于一座城市算不上什么奇迹,而一座城市能拥有一片菜地才是格外地不易。公园是供人游玩的,与生俱来一种刻意招引市民的气质;菜地可没打算招谁,菜们自管自地在泥土里成长,安稳、整洁,把清新的呼吸送给四周的居民。

通常,四周的居民会在清晨和傍晚沿着田间土路散步,或者小心翼翼地踩着垄沟背儿在菜畦里穿行——我们知道菜农怜惜菜,我们也就知道了怎样怜惜菜农的心情。只在正月里,当粪肥在地边刚刚备足,菜地仍显空旷,而头顶的风已经变暖的时候,才有人在开阔的地里撒欢儿似的奔跑了,人们在这里放风筝。

放风筝的不光我们这些就近的居民,还有专门骑着自行车从拥挤的闹市赶来的青年、孩子和老人。他们从什么时候发现了并且注意起我们的菜地呢?虽然菜地并不属于我们,但我和我的邻人对待这些突然的闯入者,仍然有一种优先占领的自得和一种类似善待远亲的宽容。一切都因了正月吧,因了土地和天空本身的厚道和清明。

我的风筝在风筝里实属普通,价格也低廉,才两块五毛钱。这是一个面带村气的仙女,鼻梁不高,嘴有点鼓;一身的粉裙子黄飘带,胸前还有一行小字:"河北邯郸沙口村高玉修的风筝,批发优惠",以及邮编多少多少什么的。如此说,这仙女的扎制者,便是这位名叫高玉修的邯郸农民了。虽说这位高玉修描画仙女的笔法粗陋幼稚,选用的颜料也极尽单调,但我相中了它。使我相中这风筝的,恰是仙女胸前的这行小字。它那表面的商业味道终究没能遮住农民高玉修骨子里的那点儿拙朴。他这种口语一般直来直去的句式让我决定,我就要这个仙女。

傍晚之前该是放风筝的好时光,太阳明亮而不刺眼,风也柔韧并且充满并不野蛮的力。我举着我的仙女,在日渐松软的土地上小跑着将她送上天空。近处有放风筝的邻人鼓励似的督促着我:"放线呀快放线呀,多好的风啊……"

放线呀放线呀快放线呀,多好的风啊!

这宛若劳动号子一般热情有力的鼓动在我耳边呼啸,在早春的空气里洋溢,丝线从手中的线拐子上扑簌簌地滑落着,我回过头去仰望升天的仙女。我要说这仙女实在是充满了灵气:她是多么快就够着了上边的风啊。高处的风比低处的风平稳,只要够着上边的风,她便能保持住身体的稳定。

我关照空中的仙女,快速而小心地松着手中的线,一时间只觉得世上再也没有比这风筝仙女更像仙女的东西了:她那一脸的村气忽然被高远的蓝天幻化成了不可企及的神秘;她那简陋的衣裙忽然被风舞得格外绚丽、飘逸;她的态势忽然就呈现出一种怡然的韵致。放眼四望,天空正飞翔着黑的燕子褐的苍鹰,花的蝴蝶银的巨龙……为什么这些纸扎的玩艺儿一旦逃离了人手,便会比真的还要逼真?就好比天上的风给了它们人间所不解的自在的灵魂,又仿佛只有在天上,它们才会找到独属自己的活生生的呼吸。是它们那活生生的呼吸,给地上的我们带来愉悦和吉祥的话题。

放线呀放线呀快放线呀,多好的风啊!

有些时候,在我们这寻常的风筝队伍里,也会出现一些不同寻常的放风筝的人:一辆"奥迪"开过来了,吱地停在地边,车上下来两三个衣着时髦的男女,簇拥着一位手戴钻戒的青年。青年本是风筝的主人,却乐于两手空空——自有人跟在身后专为他捧着风筝。那风筝是条巨大而华贵的蜈蚣,听说由山东潍坊特意订制而来;那线拐也远非我手中这种通俗的杨木棍插成,那是一种结构复杂的器械,滑轮和丝线都闪着高贵的银光。"钻戒"站在地边打量天上,一脸的不屑,天上正飞着我的仙女和邻人的燕子。他从兜里摸出烟来,立刻有人为他点燃了打火机。一位因穿高跟鞋而走得东倒西歪的女士,这时正奔向"钻戒",赶紧将一听"椰风"送到他手里。好不气派的一支队伍,实在把我们给"震"了。

然后那蜈蚣缓缓地迎风而起了,确是不同凡响地好看。四周爆发出一片叫好声,善意的人们以这真诚的叫好原谅了"钻戒"不可一世的气焰。我却有点为"钻戒"感到遗憾,因为他不曾碰那蜈蚣也不曾碰一碰风筝线。只在随员替他将蜈蚣放上蓝天之后,他才扔掉香烟,从他们手中接过线盒拎住。他那神情不像一个舵手,他站在地里的姿态,更像一个被大人娇纵的孩童。这样的孩童是连葵花子都懒于亲口去嗑的,他的幸福是差遣大人嗑好每一粒瓜子,准确无误地放进他的口中。

在这时我想起单位里一个爱放风筝的司机。在一个正月我们开车外出,他告诉我说,小时候在乡下的家里,他自己会糊风筝却买不起线,他用母亲拆被子拆下来的碎棉线代替风筝线。他把那些线一段段接起来,接头太多,也不结实。有一次他的风筝正在天上飞着,线断了,风筝随风飘去,他就在乡村大道上跑着追风筝。为了那个风筝,他一口气跑了七八里地。

当今的日子,还会有谁为追赶一只风筝跑出七八里地呢?几块钱的东西。或者像拥有华贵蜈蚣的这样的青年会去追的,差人用他的"奥迪"。若真是开着"奥迪"追风筝,这追风筝倒不如说是以地上的轿车威胁天上的蜈蚣了。

我知道我开始走神儿,我的风筝线就在这时断掉了。风把仙女兜起又甩下,仙女摇摆着身子朝远处飘去。天色已暗,我开始追赶我的仙女,越过脚下的粪肥,越过无数条垄沟和畦背,越过土路上交错的车辙,也越过"钻戒"们不以为然的神色。我坚持着我的追赶,只因为这纯粹是仙女和我之间的事,与别人无关。当暮色苍茫、人声渐稀时,我终于爬上一座猪圈,在圈顶找到了歪躺在上边的仙女。我觉得这仙女本是我失散已久的一个朋友,这朋友有名有姓,她理应姓高,与邯郸沙口村那个叫做高玉修的农民是一家人。

大而圆的月亮突然就沉甸甸地悬在了天空,在一轮满月的照耀下,我思想究竟什么叫做放风筝。我不知道。

但是,有了风筝的断线,有了仙女的失踪,有了我追逐那仙女的奔跑,有了我的失而复得,我方才明白,欢乐本是靠我自己的双脚,靠我自己货真价实的奔跑到达我心中的;连接地上人类和天上仙女之间那和平心境的,其实也不是市场上出售的风筝线。

1995 年 8 月

男性之一种

城市日渐热闹和繁忙,是因了各式各样的人穿流其间,奔波着或宏伟或平凡的事业吧?城市的舞台,相对于人类那天然生成的表现欲望,总是显得狭小紧迫。你在这舞台上与众人拥挤着摩肩接踵,在表现自己的同时,就不免也看见了旁人的表现种种——没有这舞台便没有这眼力。

一种男性出现了。

很难说他们出现于哪年哪月,就如同你无法探究他们是否有过童年和少年。他们一经出现便是成年的样子,体态或许是羸弱的,脸上却满是饱经世故的放肆。他们的衣衫不能说十分的落伍,然而缺少必要的清洁;他们的头发也常油腻地扫着油腻的衣领,叫人觉出这长发对衣领的摩挲实在是有意为之。携了这样不整洁的衣冠,他们的情绪反而百倍地昂扬,或者,正是要昂扬自己的情绪,才拟定了这不整的装扮。

往往,仅与男性相处时,他们尚能够相安无事。在剧场,在商店,在汽车站,在饭馆,在招待所的公共餐厅,在火车站的售票窗口,在站台上,在火车停稳后车门打开的一刹那,倘若身前身后恰好有女性掺杂,他们便不再甘愿寂寞。在剧场里他们会一字排开,齐刷刷地将腿跷上前排椅背,拿沾满尘埃的鞋底蹭着人家脊背并快乐地抖腿。聪明的女性不便理睬这无端的恶作剧,多半会前倾着身体,以沉默作为对身后这举动的蔑视。对挑衅的沉默分明是对挑衅者的看不起——挑衅是要有对手的。这时他们的血液在身上的流速定是快于通常若干倍的,于是他们发现了自己那并没有闲着的手,手中多半有裹着豆类的纸包:鱼皮豆、花生豆、兰花豆、奶油蚕豆……他们开始响亮地咀嚼,并比赛着放出响亮的屁。那夹杂着污浊气味的声音颇使他们激动,他们相互对视着挤眉弄眼,又共同观察着邻近的女性。假若女性中居然有人颦眉皱鼻,掏出手绢将口掩住,那他们简直就快乐非常了:目的终究达到,他们要的似乎就是女性这充满厌恶的脸相儿。这脸相儿毕竟有别于那视而不见的身体的前倾,这脸相儿意味着她们对他们那一番苦心经营的感应,证明了他们对她们侵犯的反馈——他们企盼的便是由女性来证实这种侵犯的真实性。

要是碰巧公共汽车站人多,而车又久久不来,于无聊之中他们就开始比试着向马路的中心地带吐痰,比试着那痰的射程。然后车终于来了,然后当车门关住车子启动时,他们意外地发现有被丢下的女乘客正企图追上这车,那已然上车的他们就分外地开心。好风景!他们心中叹道,然后便捶胸顿足地大笑,也不顾嘴巴正对着陌生人的耳朵。这时的追车人多半是追不上这车的,因了这追不上,又因追车人的性别,更因追车者可能穿了不宜追车的高跟鞋,他们的想象会骤然丰富起来;说不定那鞋跟就要掉了呢,他们嘎嘎笑着想,他们多么愿意亲眼看见女性这无可奈何的倒霉样儿。日子会因此变得倍加有趣,不是么?

遇到需要排队的事情，他们会因人而易。倘若前边有女性，他们是拼死也要抢到女性前边的。虽然他们正年轻，并赤手空拳，可那横冲直撞的样子，就好像前边不是车的一个座位，不是一件什么商品，而是他们丢掉的一半生命。也正因他们年轻，又赤手空拳，他们总能轻易将女性推搡到一旁，嘴角挂着胜利的笑，那胜利的嘴角有硬撑出来的蛮横。他们分明知道他们的不受欢迎：既不受男人的欢迎，也不受女人的欢迎。他们分明知道他们作派的不雅，索性就以这不雅卖不雅。女人算什么！当他们遭到女性白眼时便高声说。语气十分的洒脱，神情十分的凛然。他们是决意要与女性作对到底了，就仿佛要用这万分的作对来引起女性万分的注意；要用这自己对自己的夸张来引发女性夸张的惊异。

在招待所公共餐厅的餐桌上，每当那公共的汤盆端上桌时，首先抢走那公共汤勺的定是他们。因为多少知道了一点这抢的无礼，于是他们脸上索性就带出加倍的无礼；因为知道同桌的女性也在等待盛汤，他们索性就放慢这盛汤的速度。他们握住那硕大的婴儿头颅般的汤勺，在本来就寡淡的汤盆里翻江倒海，追赶着如凤毛麟角的鱿鱼丝、鸡蛋花、青菜叶……企图将这些精华丝丝不剩地捞进自己的碗，并且特别乐意让同桌女性看明他们的这种企图。餐桌上那众目睽睽的视线也曾令他们心中发讪，就因了这心中的发讪，他们便愈加持久地攥住那汤勺，坚持着手下这勇敢的表演。

当你在大街上行走时，如果身后出现了他们，又如果他们的近旁正行走着些许漂亮的女性，你便会听见他们那忽然放大了的笑谈声。那笑谈的内容似是彼此的对骂,骂出口的自然是不洁的字眼,赤裸地暗示着性行为的含意。声音很高,并且如传接力棒一般地不断在彼此口中重复。于是他们坚信近旁的女性必然听进了那骂,这坚信使他们自得,使他们更加意气风发。于是攒足了气力,等待着下一次的出击。

目睹他们这吃力的表演,女性常为他们感到难过。他们这种彻底不管不顾的自我糟蹋,或许也算一种"伟大"的勇气。当然,比之那些道貌岸然的风雅之士,他们还称不上真正的恶劣,也许他们只是过早地否定了自己,断然将一条生命逼上了绝路。

每当我将自己投入滚滚的人流,在感叹人类那高于动物的种种优越之时,也每每觉出人类自身还有诸多的方方面面亟待于进化。是什么演绎出了这男性之一种?我愿意相信,他们的身心原本是健全的,他们的欲望与普通人并无两样。多么盼望他们对自己不要这样残忍,自然地走进人群,真切地尊重自身。

伟人的名言讲得好:不尊重别人的人也得不到别人的尊重。近来我却老是感到,尊重自己比尊重他人更不容易。近来我却老是感到,尊重自己比尊重他人更不容易。这仿佛是一个无须思考的问题,如同我们常常接受这样的询问:"人是什么?"你说出的也许是最准确的答案,但你经历的,却将是那没有答案的一生。

人类的弱点并非独属男性中的一种,高尚与不高尚的临界点也并非那样的清晰、分明。当我们正因窥见了他人的不高尚而忿忿然不可自制时,我们自身的弊病兴许正为他人所窥见。我下一篇文字的题目便是《女性之一种》。

1990 年 6 月

女性之一种

忘记了从什么地方,读到过一支歌的名字,歌名叫做《享受你自己》。我不曾听过这支歌,却执拗地认为,歌子唱的一定是关于女性。

"享受"一词令我想起"欣赏"一词,欣赏自己的过程也是一种享受自己的过程吧。自赏意识其实是不分男女的。我常常感到,懂得欣赏自己,并敢于公开这欣赏的人,原本是可爱的。当你面对着一位满怀抱负的男性,这男性郑重地告诉你"我觉得自己有一种伟大感"时,你不觉得他可爱么?当你面对着一位情窦初开的少女,这少女坦率地向你宣布"我长得多好看"时,你不觉得她可爱么?当年轻的女同事自信地对你说,完全是因了她的到来,办公室的男人们变得整洁了,你不觉得她可爱么?

懂得欣赏自己本不是件坏事,你在这欣赏之中享受到自己的价值,于人生的旅途上你才知道倍加珍重这价值。你渐渐地明白了怎样去爱惜自己,怎样凭了你已经具备的价值,去创造于人类的光明前景,于民族的生生不息,于你的家庭、亲朋、爱你和你所爱的人们有益的财富。倘若欣赏自己和享受自己循了这样的轨迹去深入人心,请让我引用朋友的一个诗句:

"为什么不呢?"

我又知道,人们通常的看法是,女性的自赏意识终归强烈于男性。身为女性,我不免也受了这通常看法的传染,读到"享受"便想起"欣赏",想起"欣赏"则认定与女性有关了。那支歌该不是为女性的自赏正名的吧?因为,人们习惯于给自赏冠以贬义,那被贬的对象又常是女人。

我不是社会学家,对历史也少有研究,仅凭了微薄的感受,觉出或许正是漫长的人类社会发展史,造就了女性的自赏意识强烈于男性呢。在人类历史的舞台上,女性领衔主演的剧目又有多少呢。且不说中国几千年的封建岁月淹没着女性的本相,一句"金屋藏娇"谁又知蕴藏了女人的多少悲哀。即使如尼采、叔本华这样的洋人,也对女性充满鄙夷。叔本华声言女性是无法感悟艺术的,而尼采则说,和女人交往时要带着一条鞭子。男性的自赏,可以有广阔的天地去发挥表现,那自赏就化作了行动去同整个社会碰撞;女性的自赏则只能在镜前、在井边、在灶间、在怀中的婴儿脸上。要是你稍不小心将你的自赏流露于大庭广众之下,那么你便是轻佻,便是张狂,便是大不规矩了。你那自赏,也因此变得格外碍眼,格外不合路数。而你那自赏意识,却因这种种限制与压抑,反倒倍加强烈、执著起来,好比一个无可扼制的恶性循环。

今日的女性,当然已用不着靠着一支歌来为自我的欣赏正名,如我在前边所讲。她们大胆地欣赏自己,也将这欣赏化作了行动,在各自的位置上,为人类的文明与进步,放出璀璨的光芒。更有那走向极端的"彻底解放者",在公开的场合,与某些男性比赛着骂街,一样地猜拳行令,一样地捧着大碗狂饮。这样的女性,不是我在本文将要谈及的,我要讲的,到底还离不开女性的自我欣赏。

记得读中学时,同年级的一个女生告诉她的班主任,每天早晨她在上学的路上,都要碰见一个截住她不放的男人,这使她感到非常害怕。这女同学的处境,博得了班主任的同情。班主任从那天起,就派两名男生和这女生同路上学。这一行动,顿时使那女生成了班级里的新闻人物。大家想着,她与别人到底是有不同之处吧,不然为什么会有男人截住她要交朋友?那两名被派了任务的男生,在每日的清晨很庄严地尽着自己男性的义务,那天然生成的保护弱小的责任感被激发出来,他们倍感自豪。从此在他们护送女生的路上,再也没有出现过什么男人。许多年之后有一次我碰见了那长大成人的女生,闲聊中对她提起这件事,她哈哈笑着对我说,她上学的路上其实从来就没有出现过截住她的男人。我问她为什么要骗班主任呢。"好玩啊。"她说。

我并不觉得这女生无聊,那本是青春期的少女渴望引人注目的小花招吧。假如这样的花招里尚有天真的成分,使成人能明白地会心一笑,那么,成年之后依然地有意为之呢?

在我们的生活里,有时会遇见这样的女性,她们的外表大多顺应时尚,她们的神经每每敏感于常人。她们对待本职工作的态度还算认真,业余时间也读小说逛商店。她们的手包里常有话梅和影视杂志,她们坦率地崇拜某个女明星,并固执地认为自己与那明星长得非常相似。她们的口中没有什么不文明的言词,也谈时局,谈社会上的不正之风,只是,当周围有男性相聚时,她们便相当频繁地调整自己的身姿和发式,并高声地笑——决不粗俗,相当女性化的笑。她们也常做些弱不禁风之态,比如在办公室需要她们提着暖壶打开水的时候,在机关里分了西瓜需要她们用自行车驮回家的时候,在与男生同路而自己又提着沉重的旅行袋的时候。这样的时刻,知情达理的男性总会及时走在前边,为她们排忧解难。要紧的不在于此,因为弱不禁风之态与调整身姿、发式其实也无可非议。要紧的在于,她们企盼着男性相助,而男性友好的相助又使她们坚信那男性正在打着她们的坏主意。

她们的神经确是敏感于常人的,她们的想象,也确比常人丰富百倍。她们的自信力每每超出真实景况许多,但这样的女性最为固执己见,她们觉得所有见过她们的男性均会为她们打动而心怀叵测。她们继而会因了这叵测的心怀而惴惴不安,仿佛自己的分秒都处在男性的危险中。

假使这固执的己见只埋藏在心里,男性倒还安全。但往往这样的女性对自己的信念常有不吐不快之感,她们把这信念当做事实讲给熟人、同事,伴着楚楚动人的无奈和疏远那男性的愤慨。她们对这样的讲述不厌其烦,叫人觉得这讲述的过程真正是享受的过程,是她们在享受自己的风采和愤慨。

假使仅仅是讲述,是要用这讲述来证实自己的魅力与男性的没出息,尚能使人谅解。如果将这习性发展成欺诈男性的手段,就不免叫人毛骨悚然。

她们似乎无师自通地明白女性那最原始的威力,当自己的要求不能被满足(你尽可以想象当代女性有着多少要求),而那被求者又是男性时,她们会大声疾呼她们受了这男性的欺侮。她们知道,全社会都会起来保护被欺侮的女性的,因了女性是弱小的象征,社会舆论定而无疑要为她们伸张正义。她们以她们自己那混乱不堪的价值观和畸形的自赏心态,将女人和男人逼上了尴尬的境地。她们在抬高自己的时刻,也彻底贬低了自己。

女人和男人的"战争",是古老漫长的话题,而在人类这古老漫长的话题里,又每每延续着男女之间无尽的和平。我不要听尼采"和女人交往要带着一条鞭子",也不要看上述的女性折磨男人也折磨自己。我相信战争与和平其实是同一轨道上的两极,善意地面对人生,你的内心就会获得宁静。

那支《享受你自己》唱的究竟是什么呢?有发现自己的乐趣吧,有自尊自爱的张扬吧,还会有女性与男性之间那健康、纯净的友爱之心。

1990 年 6 月

河之女

我是来这里寻找山桃花的。二十年前一位老乡就告诉过我:"看山桃开花,那得等清明。"于是我记住了清明,脑子里常浮现着一个山桃的世界。那是一山的火吧,一山的粉红吧?

谁知我已耽误了十九个清明。十九个清明虽然都有被耽误的理由,然而每逢这天,我都坐立不安着。

我决定不再耽误第二十个清明。

我踏着今年的节令来到这里,却没有看见山桃开花。在四周被浮云缠绕的山峦里,只有山正在悄悄地变绿。绿像是被云雾染成,又像是绿正染着云雾。有人告诉我,今年春寒,山桃还未开花;又有人告诉我,山桃花早已开过,是因了常有来自山外的暖风。和山里人相处,你会发现,他们常常说不准他们要说的事。对同一件事,十个人或许有十种说法。就连对你的问路,他们回答起来都各有差异。那差异仿佛来自他们的叙述方式,就好比春寒花哪能开,风暖花哪能不开。至于花到底开过与否倒无人注意了。

于是就因了这叙述的差异,我坚信自己总能看见山桃花。于是,每天当晨光洒遍这山和谷时,我便沿一条绕山的河走起来,这河便是绕山而行的拒马河。这河不知到底绕过了多少山的阻拦,谢绝了多少山的挽留,只在一路欢唱向前。它唱得欢乐而坚韧,不达目的决不回头。只有展开一张山区地图,你才能看清,这河像是谁的手任意画出来的一团乱线。黄河才有九十九道弯,谁报告过拒马河有多少弯?这山地里流传着多少关于这河这山的故事,惟独没有关于这河弯的记载。

一条散漫的河,一条多弯的河。每过一个弯,你眼前都是一个新奇的世界。那是浩瀚的鹅卵石滩,拳头大的鸡蛋大的鹅卵石,从地铺上了天,河水在这里变作无数条涓涓细流漫石而过;那是白沙的岸,有白沙作衬,本来明澄的河水忽而变得艳蓝,宛若一河颜色正在书写这沙滩;那是草和蒿的原,草和蒿以这水滋养着自己,难怪它们茂密得使你不见地面,是绿的绒吧,是绿的毡吧。总有你再也绕不过去的时候,那是山的峡谷。峡谷把水兜起来,水才变得深不可测。然而河的歌喑哑了,河实在受不住这山的大包大揽。河与石壁冲撞着,石壁上翻卷起浪花。那是河的哭嚎吧,那是河的呐喊吧。只有这时你才不得不另辟蹊径,或是翻过一座本来无路的山,或是走出十里八里的迂回路,重新去寻找河的踪迹。你终于找到了,你面前终于又是一个新的天地。

这当是一个全新的天地。它不似滩,不似岸,不似原,是一河的女人,千姿百态,裸着自己,有的将脚和头潜入沙中,露出沙面的仅是一个臀;有的反剪双手将自己倒弓着身子埋进沙里,露着的是小腹,侧着的肩,侧着的髋,朝天的乳,朝天的脸。更有自在者,曲起双腿,再把双腿无顾忌地叉开来,挺着一处宽阔的阴阜,一片浓密的茅草,正覆盖住羞处。有的在那羞处却连茅草也无须有,是无色的丘,无色的壑。你不能不为眼前这风景所惊呆,呆立半天你才会明白,这原本是一河石头,哪有什么女人。那突起的俱是石:白的石,黄的石,粉的石。那凹陷的俱是沙:成窝儿的沙,流成皱褶的沙,平缓的沙。那茅草就是茅草,它怎能去遮盖什么人的羞处?然而这实在又是人,是一河的女人,不然惊呆你的为什么是一河柔韧?肌腱的柔韧,线条的柔韧,胸大肌、臀大肌,腹直肌,背直肌……连髋和腰的衔接,分明都清晰可见。你实在想伸过手去轻缓地沿这腰弯抚摸,然而你又不得不却步。

当你认定这是一河巨石时,你的灵魂就要脱壳而出,你觉得你正在萌生一种信奉感,不然你为什么会面对一河巨石肃然起敬。

当你认定这是一河女人时,你就会六神无主,因为你再也逃脱不了自己的龌龊。一切都是因了女人的丰腴,女人的浑圆,女人的力。

这一河的石头,一河的女人,你们是同年同月和着一个天时一起降生,你们还是有着无言的默契,你等她,她等你,从盘古开天地直等到今天。

我想起了,就是二十年前,就是有人告诉我清明山桃花开的那次,也有人告诉我一件事。他们说,这里有句俗话叫做"河里没规矩",说的是,先前,姑娘、媳妇们每逢夏季中午,便成群结队,到拒马河洗澡。她们边下河,边把衣服脱光,高高抛向河岸,一丝不挂地追逐着潜入水中。而这时,就在不远处,兴许恰有一丝不挂的男人也正享受着这水。你不犯我,我不犯你。或许偶有飘过来的笑骂,那只是笑骂,既是男人把脸朝向女人而招来的骂,也是笑着的骂,只因为"河里没规矩"。

是这一河石头一河女人,使我又想起了二十年前这一句话。我怀着强烈的欲望,想去证实一下我的记忆。于是在河的高处,大山的皱褶里,我来到一个先前曾经住过的村子。一位熟悉的大嫂把我引进她的家中,我记起了那时她分明还有一位婆婆。一个家里只有这两个女人。那时的我尚是一个风华正茂的青年,一个刚出校门不久的年轻画家(虽然也胡子拉碴),连在炕上盘腿吃饭都不会。这位婆婆在饭桌前却把腿盘个满圆,她给我盛粥,再把指头粗的咸菜条一筷子一筷子地夹入我碗中。我嚼着咸菜,学着她们婆媳的样子,拿嘴勾着碗边呼呼喝着灰黄色的稠粥。这粥里有玉米渣子,有豆。婆婆告诉我,这豆叫豇豆,平时鲜红,一遇铁锅,自己和粥就一起变成灰色。然而味是鲜的,有一股鱼腥味。晚上我便坐在炕上,就着油灯给她们婆媳画像。她们的眼睛使劲盯着前方,不敢看我。该媳妇时,媳妇的两腮绯红;该婆婆时,婆婆脸上的皱纹便立刻僵起来。夜深了,我就着炕席睡在炕的这头,婆媳俩就睡在炕的那头,她们或许是怕我和两个女人同睡一席不习惯吧,婆婆才不由己地讲起了那个"河里没规矩"的故事。但我注意到,那个年纪稍长我的媳妇,还是睡在婆婆的那一边,让婆婆作为我和她的分界线,作为人性的证明。夜里我睡不着,但不敢翻身。

现在媳妇脸上也爬满了皱褶,婆婆的脸简直变成了一张皱纹捏成的脸。她不能再盘腿了,鞴在被窝里,露着青黄的肩胛骨。炕席上一只旧碗还在,边沿只多了几个小豁口,婆媳的嘴又把它们摩挲得显出光滑。但媳妇告诉我,现时盛在碗里的已不再是灰的豆粥,而是拿麦子换来的面条。村里有电磨,也有轧面机。媳妇还懂得用"八五粉""七二粉"这些名词来解释这面的成色,说,现在每逢来客人都要用上好的"六〇粉"招待。她们真的招待我吃了"六〇粉"面条。

"六〇粉",这当在富强粉以上吧。

我吃着"六〇粉",还是记着那个河里没规矩的故事。我对婆婆说——差不多是凑近她的耳朵喊:"您是说过河里没规矩这句话吧?"

婆婆一下就听懂了,用被头把裸着的肩胛骨盖盖,把脸转向我说:"那是我们年幼那工夫。"

"您也下过河?"我迫不及待地问。

"怎么没有?"她说,"看见那个匣子了吗?"

婆婆的头在枕头上活动了一下,示意我去注意一只摆在迎门桌上的梳妆匣子。这是个一部线装书大小的木匣子,当年,外面显然涂过红漆,现在被灶膛的烟熏得漆黑,只有两朵牡丹花,边缘还清晰可见。二十年前那花本还透着粉色。我知道这是婆婆出嫁时的嫁妆,我把这匣子抱到婆婆眼前,说:"上次我来,就见过它。"

婆婆说:"那时候我十六。是我爹从龙门集上挑的,龙门逢五排一大集。"

"您是说十六岁过的门?"我问。

"可不,过门后就和姐妹下河。我娘家在山那边……没河。那阵子……谁没打年幼时过过?打,闹,疯着哪!"

婆婆说着,拿眼盯住漆黑的房梁,房梁上有个挂篮子的木钩,和房梁一样黑。我记着那钩子上有时有篮子,有时没篮子。现在钩子空着,倒显得婆婆的回忆更加真切、悠远。莫不是她只相信把一个年轻的自己留在了河里?莫不是她只相信留在河里那个自己才是自己?年幼,疯着……如今这个裸露肩胛骨的老女人,有哪点能与河里的女人相比?

婆婆闭起双眼不再和我说话,我只和媳妇做了告别。临出门,我没忘记把婆婆的梳妆匣放回原处,并告诉媳妇只要我进山,一定来看她们。

走出她们的家,我深做着自己的呼吸,觉得身上流动的净是自己的血液。我为着婆婆终于给我证实了河里的事而庆幸。其实婆婆为我证实的并非只那句老话,她使我明白了为什么面对一河石头,人非要肃然起敬不可;为什么面对一河石头,人会感到自己的龌龊。因为那里留住的是女人的青春,是女人那"疯"。有了这河里的自己,她们就不再惧怕暮年这个蜷曲着的自己,裸露着肩胛骨的自己。因为她们在河里"疯"过,也值了。

二十年后的今天,我知道这里正盛传着一个新名词:旅游。城市的女人和男人都为着旅游而来到这里。他们打着太阳伞,穿着"耐克",面对这无尽的山,多弯的河,唱着"不管是西北风还是东南风都是我的歌"。也有发现这一河石头的,有时你站在山之巅遥望这河,石头上净是红的衣,绿的伞。也有女人在河里"疯",但那是五颜六色的斑斑点点,人实在无法面对这五颜六色的斑斑点点肃然起敬。有人喝完可乐把易拉罐狠命向远处投,石头上泛着尖利的回响。

1990年5月1日

罗丹之约

早春的时候,差不多所有的中国人都知道罗丹作品要来中国了,他的《思想者》,他的《地狱之门》,他的《青铜时代》,他的《加莱义民》,他的《吻》……这些作品将先后在北京和上海展出。

在罗丹的国家法国,在巴黎瓦雷诺大街的罗丹博物馆,当坐落在庭院内的《思想者》被一辆蓝色大吊车长长的吊臂轻轻吊离基座装进木箱时,数百名法国艺术名人默默注视着他,无数的摄像机和照相机镜头一齐对准了他的缓缓升起。他们为他送行,他们都知道,这座巨大的铜像斑驳的雕塑自一九〇六年安放在这里以来,从未离开过故乡。现在他就要出走,而且是第一次远足。他初次远足选定的目标便是东方的中国。

把法国最伟大的青铜作品介绍到具有伟大的青铜文明的古老中国,也许是再合适不过的选择了。这又仿佛是罗丹生前的一桩心愿,因为神秘的东方艺术也曾经给过他强烈的震撼。

于是我便乘火车去北京看罗丹。

小时候我就看过罗丹,当然那只是些印刷品。其中两件作品给我的印象最深:一件是身披宽大睡袍,显出任意散漫着的巴尔扎克;一件是筋肉松弛的裸体雨果。少不更事的我曾经很不明白为什么罗丹要将两位大作家弄成这样。在孩子的眼中,他对他们二位显得太随意了。成人之后才发觉罗丹是多么坦率地对待了他这两位法国朋友,而他这两位朋友又是多么坦率地要求罗丹把他们弄成这样。有本书中曾经提到,巴尔扎克认为罗丹只有把他弄成这模样,他才是真正的巴尔扎克。于是至今每当人们提及巴尔扎克和雨果时,我眼前掠过的首先不是他们的著作,而是罗丹手下的那个"他们"。我想这便是他们作为艺术家和作家的共同卓识与见地吧,是这种卓识和见地掠夺了观众的记忆。罗丹具备这种掠夺观众记忆的力量,他掠夺了我的记忆,他在我心中就日渐伟大起来;他占有了我的记忆,我的记忆里便永远有了罗丹。

春风和煦,阳光明媚,我在中国美术馆门前安静地排着队等待购买门票。长长的队伍一直保持了少有的顺和与规矩,似乎来看罗丹的人们是有约在先的,人们在一瞬间变得相互友好和理解了。

然后我首先看见了《思想者》,他被安放在美术馆庭院的正中,他正面向着熙熙攘攘的大街和一片片古老的灰瓦屋顶。他坐在岩石之上,全身赤裸,蜷曲着自己;他一手握拳抵住下颚,咬肌紧张地正陷入着沉思。这本是一个众人熟知的形象,这个几乎有点程式化了的姿势乍一看去,甚至没能唤起我的新奇之感。而当我绕到他的背后时才真的激动起来,我惊讶于罗丹在思想者脊背上所倾注的良苦用心:原来在这面宽厚、雄健的脊背上,组织明确的肌肉群如汹涌的波涛正有节律地涌动起伏,使我忽然明白了罗丹在创作之初何以能摆脱诗人但丁原型的束缚,把身着裙装、面庞清癯的苦行僧形象换成了今天的《思想者》。在这位肌肉发达、强壮雄健的思想者身上或许溶入了艺术家全部痛苦而又美好的理想吧？他渴望从雄健的身体里发生雄健的思想，或者只有如此雄健的身体才有产生雄健思想的力量？罗丹不忽略思想者的头颅，但他更倾心于支撑这头颅的躯干。于是即使思想者的一面脊背也成了表现这雄健思想不可缺少的因素。于是我在他的被观众冷淡着的脊背上初次发现了一个完整的思想者，在这面脊背上，他那紧张而痉挛着的每一个细胞都使我生出一种全新的幸福感。我很为这一瞬间，这个我独自占有的瞬间而满足。继而又想到，面对一件伟大的作品，人们都在人云亦云时，议论的或许都是它那被观众（或读者）自己程式化了的正面吧，对于它的背面却每每会粗心地忽略过去，尽管作者曾经苦心用尽地去经营它的背面。如今一个完整的《思想者》终于给了我能够思想的力量。

能够思想着是美丽的。有力量思想的人也必是幸运的吧？

我感觉到了幸运，这幸运来自一个完整的《思想者》；我感觉到了幸运，还在于在《思想者》面前我与我的两位同行不期而遇。他们是山西作家蒋韵和李锐夫妇，他们说，他们也是专门乘火车赶来北京看罗丹的。虽然山西、河北两省相邻，我们却已有几年不见。

我们惊喜地互相注视着，眼前掠过着陌生的观众，身后有"青铜时代"、"加莱义民"和克洛代尔美丽的躯干。罗丹包围了我们，令我们忽然意识到，我们本是共同赴了罗丹之约而来，只有罗丹才有如此的魅力吸引我们从各自的城市聚到这里。

我们惊喜地互相注视着,不提罗丹,也不提他为我们创造出的一切神奇。我们甚至没说什么话,我好像害怕这份奢侈的突然消失,又仿佛在罗丹面前我们无需语言,我们都已明了思想着才是美丽的。

人生的奢侈却原来是极为有限的,《思想者》们能够远涉重洋落座于古老的北京已经不易,我能够亲眼目睹这些人类的奇迹,我还能够在这奇迹面前与久违了的外省友人相遇,这已算得上是人生的奢侈之一。要紧的不在于这奢侈转瞬即逝,要紧的在于你真的奢侈过,即使罗丹已回故乡,即使友人也离你而去。

入冬时节,蒋韵从山西打来电话又说起罗丹,她告诉我说,我们去看罗丹那天是三月十日,那天是她的生日。

我一直相信,在我们各自的心里,都深深地感谢着罗丹。是罗丹约会了我们,是共赴罗丹之约,使我们得以收获悠远而长久的思想的时光。

1993年4月

你在大雾里得意忘形

那时的清晨我在冀中乡村,在无边的大地上常看雾的飘游、雾的散落。看雾是怎样染白了草垛、屋檐和冻土,看由雾而凝成的微小如芥的水珠是怎样湿润着农家的墙头和人的衣着面颊。雾使簇簇枯草开放着簇簇霜花,只在雾落时橘黄的太阳才从将尽的雾里跳出地面。于是大地玲珑剔透起来,于是不论你正在做着什么,都会情不自禁地感谢你拥有这样一个好的早晨。太阳多好,没有雾的朦胧,哪里有太阳的灿烂,大地的玲珑?

后来我在新迁入的这座城市度过了第一个冬天。这是一个多雾的冬天,不知什么原因,这座城市在冬天常有大雾。在城市的雾里,我再也看不见雾中的草垛、墙头,再也想不到雾散后大地会是怎样一派玲珑剔透。城市的雾只叫我频频地想到一件往事,这往事滑稽地连着猪皮。小时候邻居的孩子在一个有雾的早晨去上学,过马路时不幸被一辆雾中的汽车撞坏了头颅。孩子被送进医院做了手术,出院后脑门上便留下了一块永远的"补丁"。那补丁粗糙而明确,显然地有别于他自己的肌肤。人说,孩子的脑门被补了一块猪皮。每当他的同学与他发生口角,就残忍地直呼他"猪皮"。猪皮和人皮的结合这大半是不可能的,但有了那天的大雾,这荒唐就变得如此地可信而顽固。

城市的不同于乡村,也包括着诸多联想的不同。雾也显得现实多了,雾使你只会执拗地联想包括猪皮在内的实在和荒诞不经。城市因为有了雾,会即刻实在地不知所措起来。路灯不知所措起来,天早该大亮了,灯还大开着;车辆不知所措起来,它们不再是往日里神气活现地煞有介事,大车、小车不分档次,都变成了蠕动,城市的节奏便因此而减了速;人也不知所措起来,早晨上班不知该乘车还是该走路,此时的乘车大约真不比走路快呢。

我在一个大雾的早晨步行着上了路,我要从这个城市的一端走到另一端。我选择了一条僻静的小巷一步步走着,我庆幸我对这走的选择,原来大雾引我走进了一个自由王国,又仿佛大雾的洒落是专为着陪伴我的独行,我的前后左右才不到一米远的清楚。原来一切嘈杂和一切注视都被阻隔在一米之外,一米之内才有了"白茫茫大地真干净"的气派,这气派使我的行走不再有长征一般的艰辛。

为何不做些腾云驾雾的想象呢?假如没有在雾中的行走,我便无法体味人何以能驾驭无形的雾。一个"驾"字包含了人类那么多的勇气和主动,那么多的浪漫和潇洒。原来雾不只染白了草垛、冻土,不只染湿了衣着肌肤,雾还能被你步履轻松地去驾驭,这时你驾驭的又何止是雾?你分明在驾驭着雾里的一个城市,雾里的一个世界。

为何不做些黑白交替的对比呢?黑夜也能阻隔嘈杂和注视,但黑夜同时也阻隔了你注视你自己,只有大雾之中你才能够在看不见一切的同时,清晰无比地看见你的本身。你那被雾染着的发梢和围巾,你那由腹中升起的温暖的哈气。

于是这阻隔、这驾驭、这单对自己的注视就演变出了你的得意忘形。你不得不暂时忘掉"站有站相,坐有坐相,走有走相"的人间训诫,你不得不暂时忘掉脸上的怡人表情,你想到的只有走得自在,走得稀奇古怪。

我开始稀奇古怪地走,先走他一个老太太赶集:脚尖向外一撇,脚跟狠狠着地,臀部撅起来;再走他一个老头赶路:双膝一弯,两手一背——老头走路是两条腿的僵硬和平衡;走他一个小姑娘上学:单用一只脚着地转着圈儿地走;走他一个秧歌步:胳膊摆起来和肩一样平,进三步退一步,嘴里得叮念着"呛呛呛,七呛七……"走个跋山涉水,走个时装表演,走个青衣花衫,再走一个肚子疼。推车的,挑担的,背筐的,闲逛的,都走一遍还走什么?何不走个小疯子?舞起双手倒着一阵走,正着一阵走,侧着一阵走,要么装一回记者拍照,只剩下加了速的倒退,退着举起"相机"。最后我决定走个醉鬼。我是武松吧,我是鲁智深吧,我是李白和刘伶吧……原来醉着走才最最飘逸,这富有韧性的飘逸使我终于感动了我自己。

我在大雾里醉着走,直到突然碰见迎面而来的一个姑娘——你,原来你也正踉跄着自己。你是醉着自己,还是疯着自己?感谢大雾使你和我相互地不加防备,感谢大雾使你和我都措手不及。只有在雾里你我近在咫尺才发现彼此,这突然的发现使你我无法叫自己戛然而止。于是你和我不得不继续古怪着自己擦肩而过,你和我都笑了,笑容都湿润都朦胧,宛若你与我共享着一个久远的默契。从你的笑容里我看见了我,从我的笑容里我猜到你看见了你,刹那间你和我就同时消失在雾里。

当大雾终于散尽,城市又露出了她本来的面容。路灯熄了,车辆撒起了欢儿,行人又在站牌前排起了队。我也该收拾起自己的心思和步态,像大街上所有的人那样,"正确"地走着奔向我的目的地。

但大雾里的我和大雾里的你却给我留下了永远的怀念,只因为我们都在大雾里放肆地走过。也许我们终生不会再次相遇,我就更加珍视雾中一个突然的非常的我,一个突然的非常的你。我珍视这样的相遇,或许还在于它的毫无意义。

然而意义又是什么?得意忘形就不具意义?人生又能有几回忘形的得意?

你不妨在大雾时分得意一回吧,大雾不只会带给你猪皮那般实在的记忆,大雾不只让你悠然地欣赏屋檐、冻土和草垛,大雾其实会将你挟裹进来与它融为一体。当你忘形地驾着大雾冲我踉跄而来,大雾里的我会给你最清晰的祝福。

1992年7月30日

可爱的女人

无论你的日常生活多么平淡,细细寻来,总能找出那么点曾经有过的尴尬。比如你去旁人家中做客,主人对你热情备至,不仅以香茗、水果招待,当你告别时还要携妻小送出门且一而再、再而三地远送。好不容易双方挥手作了别,主人一家返身回府,你也踏上归程,这时你忽然发觉把手套丢在了主人客厅里,于是你不得不硬着头皮原路回去,再次叩响主人的门。你一边抱怨自己的粗心,甚至会迁怒于主人的远送,似乎送得越远,这回程就越发艰难。当待客热情刚趋平静的主人开门又见是你,当主人静听着你的缘由再次热情地将你让进屋内,你的尴尬之情便油然而生。虽说这小小的尴尬无伤大雅,却叫你难以忘怀。又比如你正在街上行走,忽然迎面有人高喊着你的名字与你打招呼,而且问候你的家人,关怀你的近况,很熟的样子。但你却只能哼哼哈哈地点头,因为你实在想不起这"熟人"姓甚名谁。你拼命想从他的只言片语唤起对他那蛛丝马迹的记忆,末了却不得不自嘲自己的"眼大无神":"真对不起,我实在想不起您是……"你尴尬地说着,把对方也弄得格外地尴尬。这时对方心中多半会怏怏不快的,多半会匆匆离你而去,再遇其他熟人向他们抱怨你的"贵人多忘事"也说不定。你得允许人家的抱怨,与你有过交往,却被你忘了姓名身份,谁能面对这样的遗忘感到快乐呢?

L女士在这座城市的政府机关供职,她年纪虽轻,职务却挺紧要(是一位女性领导的秘书),常常热情地帮助认识或不认识的市民解决大小难事。我们本不相识,只因刚刚搬入这座城市时,由于她的关照,我得到过一些生活上的方便,我们才有过一次匆匆的见面。我是怀了感谢之情,给她送去我的几本新书的。因为并不熟悉,对话也就简短,加之她的工作使她总是处于忙乱状态,因此几分钟之后我便作了告辞。L女士不似通常我们概念中的机关女干部的"标准"形象,她不呆板,也不优越。还有她那一头整洁的短发和额前齐齐的刘海儿,总使我想起"五四"时代那些身着青裙白衫的女大学生。

数月之后,在一次各界人士的茶话会上,一位女士热情地叫着我的名字,从人群中向我走来。这便是L女士,但我却无论如何也想不起她来!

再也没有比对方友好地招呼你,而你却叫不出人家名字更令人尴尬的了,这实在是一种不可原谅的不礼貌。我恼火着我的不礼貌,也热情地——却显然不知底细地冲她笑着,任凭她向我提及许多话题。那话题是轻松的,而我的内心却乱纷纷一片。凭直觉我猜测这肯定是一个与我有过交往的人,可这人到底是谁呢?这时刻于我真是个艰难的时刻,无论如何我不该再这样艰难下去,于是我无限笨拙地问了一句:"你还在那个地方工作么?""对呀,我还在那个地方。"L女士说。"那个……哪个地方啊?"——我已彻底暴露了我的不知底细。"就是从前我在的那个地方呀。"L女士神情依然平和。这时旁边有人对我介绍道："这位是L女士,你们说了半天话,却原来并不认识呵。"

我注视着面前的L女士,竭力想找出我认她不出的理由。不错,她改了发式,额前的刘海儿不见了;再有,她的身材较之我们初次见面时也丰满了些。我把这些缘由一一说给L女士,说得固执,说得认真,似乎要用这固执和认真的态度来证明我没有认出她是有着多么充足的理由,那实在是怪她的发式和比以前丰满的身材呀。

L女士微笑着听我解释,一脸温和宁静,一派雍容大度。她不曾恼我,也未对我那自卫式的解释施以玩笑式的讥讽。她以她的教养给我留出了缓解窘迫的余地,她甚至将我引向一个别的话题,最后她实际而真切地嘱我有什么事尽管给她打电话,她一定会尽力而为。

自此我牢牢记住了L女士的脸,无论她的身材是胖是瘦,也无论她的发式再作怎样的更改。当又一个社交场合我主动叫着她的名字向她走去时,我发觉这位女士很美。

那个著名的外国老头说过人不是因为美丽才可爱,而是因为可爱才美丽。L女士以她那宽容质朴、善解人意的修养把自己变得如此可爱,你又怎么能不觉得她美丽呢?

或许我终生练就不成对人过目不忘的本领,但我已然明悉:当有一天面对本该认识我,却一时认我不出的人们,我该怎样地待他们。

1993年

草戒指

初夏的一天,受日本友人邀请,去他家做客,并欣赏他的夫人为我表演茶道。

这位友人名叫池泽实芳,是国内一所大学的外籍教师。我说的他家,实际是他们夫妇在中国的临时寓所——大学里的专家楼。

因为不在自己的本土,茶道不免因陋就简,宾主都跪坐在一领草席上。一只电炉代替着茶道的炉具,其他器皿也属七拼八凑。但池泽夫人的表演却是虔诚的,所有程序都一丝不苟。听池泽先生介绍,他的夫人在日本曾专门研习过茶道,对此有着独到的心得。加上她那高髻和盛装,平和宁静的姿容,顿时将我带进一个异邦独有的意境之中。那是一种祛除了杂念的瞬间专注吧,在这专注里顿悟越发嘈杂的人类气息中那稀少的质朴和空灵。我学着主人的姿态跪坐在草席上,细品杯中碧绿的香茗,想起曾经读过一篇比较中国茶文化与日本茶道的文字。那文章说,日本的茶道与中国的饮茶方式相比,更多了些拘谨和抑制,比如客人应随时牢记着礼貌,要不断称赞"好茶!好茶!"因此而少了茶与人之间那真正潇洒、自由的融合。不似中国,从文人士大夫的伴茶清谈,到平头百姓大碗茶的畅饮,可抒怀,亦可恣肆。显然,这篇文字对日本的茶道是多了些挑剔的。

或许我因受了这文字的影响,跪坐得久了便也觉出些疲沓。是眼前一簇狗尾巴草又活泼了我的思绪,它被女主人插在一只青花瓷笔筒里。

我猜想,这狗尾巴草或许是鲜花的替代物,茶道大约是少不了鲜花的。但我又深知在我们这座城市寻找鲜花的艰难。问过女主人,她说是的,是她发现了校园里这些疯长的草,这些草便登上了大雅之堂。

一簇狗尾巴草为茶道增添了几分清新的野趣,我的心思便不再拘泥于我跪坐的姿态和茶道的表演了,草把我引向了广阔的冀中平原……

要是你不曾在夏日的冀中平原上走过,你怎么能看见大道边、垄沟旁那些随风摇曳的狗尾巴草呢?

要是你曾经在夏日的冀中平原上走过,谁能保证你就会看见大道边、垄沟旁那些随风摇曳的狗尾巴草呢?

狗尾巴草,茎纤细、坚挺,叶修长,它们散漫无序地长在夏秋两季,毛茸茸的圆柱形花序活像狗尾。那时太阳那么亮,垄沟里的水那么清,狗尾巴草在阳光下快乐地与浇地的女孩子嬉戏——摇起花穗扫她们的小腿。那些女孩子不理会草的骚扰,因为她们正揪下这草穗,编结成兔子和小狗,兔子和小狗都摇晃着毛茸茸的耳朵和尾巴。也有掐掉草穗单拿草茎编戒指的,那扁细的戒指戴在手上虽不明显,但心儿开始闪烁了。

初长成的少女不再理会这狗尾巴草,她们也编戒指,拿麦秆。麦收过后,遍地都是这耀眼的麦秆。麦秆的正道是被当地人用来编草帽辫的,常说"一顶草帽三丈三",说的即是缝制一顶草帽所需草帽辫的长度。

那时的乡村,各式的会议真多。姑娘们总是这些会议热烈的响应者,或许只有会议才是她们自由交际的好去处。那机会,村里的男青年自然也不愿错过。姑娘们刻意打扮过自己,胳肢窝里夹着一束束金黄的麦秆。但她们大都不是匆匆赶制草帽辫儿,在众目睽睽之下,她们编制的便是这草戒指,麦秆在手上跳跃,手下花样翻新:菱形花结的,占字花结的,扭结而成的"雕"花……编完,套上手指,把手伸出来,或互相夸奖,或互相贬低。这伸出去的手,这夸奖,这贬低,也许只为着对不远处那些男青年的提醒。于是无缘无故的笑声响起来,引出主持会议者的大声喝斥。但笑声总会再起的,因为姑娘们手上总有翻新的花样,不远处总有蹲着站着的男青年。

那麦秆编就的戒指,便是少女身上惟一的饰物了。但那一双双不拾闲的粗手,却因了这草戒指,变得秀气而有灵性,释放出女性的温馨。

戴戒指,每个民族自有其详尽、细致的规则吧。但千变万化,总离不开与婚姻的关联。惟有这草戒指,任凭少女们随心所欲地佩戴。无人在乎那戴法犯了哪一条禁忌,比如闺中女子把戒指戴成了已婚状,已婚的将戒指戴成了求婚状什么的,这里是个戒指的自由王国。会散了,你还会看见一个个草圈儿在黄土地上跳跃——一根草呗。

少女们更大了,大到了出嫁的岁数。只待这时,她们才丢下这麦秆、这草帽辫儿、这戒指,收拾起心思,想着如何同送彩礼的男方"嚼清"——讨价还价。冀中的日子并不丰腴,那看来缺少风度的"嚼清"就显得格外重要。她们会为彩礼中缺少两斤毛线而在炕上打滚儿,倘若此时不要下那毛线,婚后当男人操持起一家的日子,还会有买线的闲钱么?她们会为彩礼中短了一双皮鞋而嚎啕,倘若此时不要下那鞋,当婚后她们自己做了母亲,还会生出为自己买鞋的打算么?于是她们就在声声"嚼清"中变作了新娘,于是那新娘很快就敢于赤裸着上身站在街口喊男人吃饭了。她们露出那被太阳晒得黑红的臂膀,也露出那从未晒过太阳的雪白的胸脯。

那草戒指便在她们手上永远地消失了,她们的手中已有新的活计,比如婴儿的兜肚,比如男人的大鞋底了……

她们的男人,随了社会的变革,或许会生出变革自己生活的热望;他们当中,靠了智慧和力气终有所获者也越来越多。日子渐渐地好起来,他们不再是当初那连毛线和皮鞋都险些拿不出手的新郎官,他们甚至有能力给乡间的妻子买一枚金的戒指。他们听首饰店的营业员讲着18K、24K什么的,于是乡间的妻子们也懂得了18K、24K什么的。只有她们那突然就长成了的女儿们,仍旧不厌其烦地重复母亲从前的游戏。夏日来临,在垄沟旁,在树阴里,在麦场上,她们依然用麦秆、用狗尾巴草编戒指:菱形花结的,匚字花结的,还有那扭结而成的"疆"花。她们依然愿意当着男人的面伸出一只戴着草戒指的手。

却原来,草是可以代替真金的,真金实在代替不了草。精密天平可以称出一只真金戒指的分量,哪里又有能够称出草戒指真正分量的衡具呢?

却原来,延续着女孩子丝丝真心的并不是黄金,而是草。

在池泽夫人的茶道中,我越发觉出眼前这束狗尾巴草的可贵了。难道它不可以替代茶道中的鲜花么?它替代着鲜花,你只觉得眼前的一切更神圣,因为这世上实在没有一种东西来替代草了。

一定是全世界的女人都看重了草吧,草才不可被替代了。

1990 年 8 月 20 日

告别伊咪

床的歌
麻果记
城市的客厅
闲话做人
看卖古董
别怕
洗桃花水的时节
三月的一个晚上在福州
孩子之一种
惦念
告别伊咪

床的歌

这床,没有突起的床头床尾,只用当地的榆、槐木作框架,架边栽上四条粗腿,也不用油漆,任它走形开裂。床面即用远产在南方的毛竹铺陈。那毛竹被当地木匠劈成竹劈儿,一条条码起来,每条间隔一两寸。从来没人追究,这床面从何时起,又缘何不用榆槐刨板,单用南方远道而来的毛竹。这里除床以外,再无和竹有缘的物件了。连锅灶上用的笼屉都是当地的秫秸秆编制而成,叫做秫秸箅子。

就为了这床,毛竹竟成了当地四月二十八庙会的一大成交项目,竹商们竟也成了这庙会上的贵宾。他们在黄土墙根戳起粗大的竹竿,神气活现地和当地木匠谈着这毛竹的成色和价钱。他们口气大,话难懂,张口要出的价钱从无松动,当地人称他们为南蛮子。于是关于南蛮子过人的聪慧和狡狯,便在当地谣传开来,说某年某月有个卖毛竹的南蛮子,生是从某村的炭碴堆里捡起一块狗头金,而这块狗头金本是被村人当做炭碴扔掉的。狗头金的价值远远胜过黄金和白银,村村都有这燃烧过后的炭碴堆。

但是当地人并不把床作为床用。祖祖辈辈在土炕上生息繁衍,床只用来晾晒豆谷米。夏天的晚上,也有人在床面展开一领单人苇席,仰望星空而卧,当天空中降下露水时,便扔下这床回到屋里,于是常年受着风吹日晒、雨露浸蚀的床很快就苍老起来,大多的床都弯腰弓背着,那片片毛竹也随着床架的变态而任意扭曲。或许毛竹之所以被用来做床,只因为它那易于随和扭曲的本性吧。

只在两种时刻床才显得分外重要。谁家老人过世了,床便驮载着这过世的老人一起被敬在正房的迎门。那时,床面先铺上宽厚的谷草,草上才是这蒙头盖脸的过世老人。床前是祭奠用的香案,案上摆着纸的车马纸的童男童女。吊唁的乡亲随着门外的唢呐声嚎啕着拥到床前,女人们总是离床最近。她们按祖上的套数一丝不苟地哭嚎,大诉着死者生前的美德,无遮掩地倾吐着积压在心中的大悲大痛。鼻涕眼泪模糊起她们的眼和脸,于是香案和裸露着的床头便成了她们的依托。她们低弯着腰,不住地拿手拧下淌在脸上的鼻涕眼泪,不自主地将它们抹在床头。于是三天过后,死人入土,这床被涂抹得便又老了许多,床架上那本来清晰可见的年轮纹路又模糊起来,直到风尘雨露再使它们显现,单等不知何日再被那鼻涕眼泪去涂抹。

这像是床的无奈,一个重要的无奈。除却这无奈,它们还有真正属于自己的时刻,那是床们终生的难得,因为充其量,一年才只一次。

每逢腊月的最后一个集日,少年们看重了这床,或者床才迎来了从不关注它们的少年。少年们趁这最后一集,摆出床来让客商占用,顺便从商贩手里收些小费。一年来远近的客商只顾光临这村里的集市,任意占住自己的地盘和买主讨价还价。只等这时,只待这一年中的最后一集,或一、六,或二、七,或逢五排十,他们才发现,原来这宽不过五尺、长不过一丈的地盘,并不属于自己,那实在是靠了一只床的提醒,靠了这床的主人少年们的提醒。少年和床一起提醒他们:一年了,难道你还没有发现吗?这一年的生意难道不是靠了这块小小的地盘么?这块地盘是我的。你若不信,不是有这床作证么?于是原来摆在黄土地的货物,在这最后一集,因了这床的出现,不再就地摆置,它们上了床,或是花椒、大料,或是旱烟、洋火,或是酸枣面、榆皮面,也有新出现在集上的爆竹、烟花。这天商贩们也不再蹲在地上,他们挺起腰板,观看着只躲在远处不近前的少年——床的主人,想着过午散集后应该给予他们的报酬。然而少年并不是个只为要钱的乞讨者。

我见过这些床的主人,昔日的腼腆少年,而今的蹒跚老人。他们说:"你问的是不是赁床子的事?"只在这时,他们把床叫床子。"谁稀罕他们那毛儿八分钱,我们只为了讨个欢喜。"他们还会详尽地告诉你,赁床子,那要头天晚上把家里的床抬到租赁地点,然后不合眼地守上一整夜。守床之夜才是少年们的真正欢喜吧。那时,天空大半正飘着稀疏的小雪,过年心切的人家也过早地把桃符贴上了白槎街门。守床的少年来了,他们各自手执一盏猪蹄灯,三五成群在床的不远处点起火堆,彻夜烤着火,彻夜添着大家凑起来的花柴、谷草,彻夜念叨着:"烤烤脸脸不冷,烤烤脚脚不冷,烤烤屁股屁股不冷……"然而又不忘拨明各自手中的猪蹄灯,有位老人告诉我说,这一夜的欢喜实在是因了这盏猪蹄灯。原来年年这最后一集,也适逢杀猪的日子。少年们凑近杀猪的把式、杀猪的锅,别无他求,只为捡起一只被把式用钩子扒下的猪蹄壳,一只核桃般大的猪的"鞋"。总有更大胆的少年,趁猪被把式开膛破肚之际,从溢出肚外的五脏里,劈手揪下一块转肠油,有了猪的蹄脚,猪腹内的脂肪,再用新棉花搓只灯捻,把这捻,这油一起填入猪蹄内,然后将一段秫秸劈开夹住这猪蹄,一盏猪蹄灯便做成了。夜晚灯被点起,一盏灯是不难点到天亮的。

待到五更过后,东方显出鱼肚白,商贩们的车、担纷至时,少年们才发现,这一夜原来是如此短暂。他们这才扔下即尽的火堆和猪蹄灯,只巴望着商贩们能认准自己一年来曾经占过的地盘。也有商贩盯住眼前的床徘徊不定的,那时,少年才提醒他们:"不认识个人的地方了?放吧。"他们指指床。

待商贩在床上排开货物,少年们才放心地回家去。大人知道他们一夜的去向,也不冲他们吃喝、数念,只说些:看你那手,看你那脸。一夜了,虽然有火,手脸总要发皴的。

整个集日的上午,少年们不再关心自己的床事,他们也不到集上闲逛,只相聚在和那集、那床无关的地方,交流着一夜来的趣闻、轶事。谁能知道刚过去的一夜有多长,有多深?原来有了这一夜之后的交流,仅对人生才能略知一二,也许这就是整个人生。但,惟独这一夜人生没有懊恼、悲凉:当你的灯行将熄灭时,不是便有人撕给你一块转肠油么;你抱我一抱花柴,我不是又扔给你一抱谷草么。也有人大胆妄为地交流着这灯,这火以外的事,那事们多半属于大人,谁让我们经历了这一夜呢?这夜,谁家少了一条狗,谁家将吃这条狗的肉,我们知道了。一家赌局散了,有人从门里涌出来,谁是输家,谁是赢家,我们知道了。深更半夜有一个汉们从一个娘儿们家走出来,他们本不是一家人,我们知道了。

总有人拉回话题,这已是中午。床还在集上。没有不散的集。就像没有不散的宴席。少年们必须重返集上,去守住将要离去的商贩。他们站在他们的眼前不说也不动。当商贩们拾掇起货物、床又裸露出那竹的床面时,少年才靠近些床,只用行为告诉商贩,这床是我的,我是床的主人。一夜来可是我为你看住它的。商贩这才恍然大悟:这一集的购销两旺,莫不是靠了眼前这只床吧。是该答谢主人的时候了,尽管站在你眼前的是个刚高过你裤腰的少年,可他也是个主人呀。于是商贩将手伸进了衣兜,摸索一阵,拽出几张毛票,递给眼前这少年,少年接过这毛票,脸有些红,心有些跳。毛票,只几张,也是颇有些分量的。他们这两只正在发育着的手,这两只正在发育着的肩膀,几乎还难负担起这几张毛票的重量。正因有了刚过去的一夜,他们毕竟有力量拿起它们了。

集散得很快,刹那间便是一街空床了。床们身上的年轮纹路又是或清晰或模糊起来,都弯腰弓背着。但床和少年,少年和床,都不再认为这床只是平日的床。为什么它们久久不散?它们原来在叙说吧,在欢笑吧,在歌唱吧。

床只为有了这少年,少年只为有了这床,床才不再只是为着负载过世的老人,负载风尘雨露,负载那不再新鲜的瓜豆谷米,或者只有被人去涂抹鼻涕眼泪。是这床成全了少年的一夜人生。

终于,当又一年的最后一集,少年又托起几张毛票时,他们不再感到沉重了。难道不是这床蓬勃了他们的生命,强健了他们的手和臂膀?

但少年变作的老人,每每在抱怨起自己发僵的腰腿、少牙的口腔,显背的耳朵时,总要指指一张歪在屋外树下的床:"你看那床,和我有什么两样。"或者:"你看我,和那床有什么两样。"

我望着那床,甚至并不认为那也是床。你为自己做过广告吗?你高喊着要对顾客实行"三包"吗?有过妩媚作态的女子在床上的嫣然一笑吗?没有。难怪我不认识你。

可下回当我遇见这些由少年变作的老人,仍然愿意听他们讲这床。终于,我也认它们为床了,因为它们有自己的歌。

1990 年 5 月 28 日

麻果记

大人在孩子面前一遍遍重复着自己的故事,他们每次都能觉出这故事的新鲜,却不顾记忆最好的还是眼前的孩子。由于那故事们被过多地重复,在孩子耳朵里,它们早已变成"从前有座山,山上有座庙"一样的索然无味了。

也许所有的孩子都听过大人的重复:哥哥、姐姐、弟弟、妹妹;也许所有的大人都重复过自己:爷爷、奶奶、父亲、母亲。

由于爷爷奶奶的早逝,我没有听过爷爷奶奶的重复,却听过父亲重复过去的爷爷奶奶。我想象里的奶奶,总是一位少言寡语、站在灶前做着麻果月饼的农村妇女。因为我小时,一个奶奶和麻果月饼的故事,父亲在我们耳边重复过无数遍,我竟然没有觉出它的乏味,每次听来还能以它展开些新的联想。

父亲讲这故事,总是先从麻说起:这麻,是一种草本阔叶植物,分为朽麻和线麻,朽麻打绳,线麻捻线。麻是麻秸的皮,劈时要到河里去沤,沤时很臭,朽麻最臭。下面还要讲到,经过沤的麻秆不再有力,便有了麻秆打狼的典故。父亲讲时像个说书艺人,又像个植物学家,其实他与这两种职业都无关联,他是个画家。或许是他从小生在农村的缘故,讲起麻来才能使你身临其境。故事的开篇没什么听头,我听时也常盼它快过去。父亲讲麻主要是引出麻的果实——麻果,那是朽麻上的果实。朽麻长得齐房高,叶呈桃圆形,碗样大。当一阵火星般的黄色小花撒向天地之后,便是这麻果的出现。麻果像一簇朝天的小酒杯,制服扣子般大小,"杯"口如一朵平面多瓣的花。瓣中嵌着乳白色的麻籽,剥开嚼嚼,有淡苦味儿,但清香。麻籽成熟后,由白变黑,"酒杯"炸开,它们被弹入大地,来年一齐破土而出。

于是中秋时,乡间女人总是采下一朵麻果,找来红色,用它来点缀这天烤烙的月饼。这月饼的外形虽同于真正的月饼,但远不具有饼的价值,它只是那些购不起月饼的人家一种节日的替代,实则发面火烧矣!如果多一点豆馅或枣泥,再以麻果作印,便是更好的替代了。

那时的我家,中秋时真正的月饼也有,但总是不能满足家人的需求,这种供与求失调的解决办法,便是这填入枣泥、豆馅、钤以麻果印记的火烧的补充,这火烧的制作者即是奶奶。

父亲从来没有讲过他对这天月亮的记忆,在他的印象中这天最美的是下午那明丽的天空,和乡村大道上那盛开的"老鸹喝喜酒"——一种藕荷色的小喇叭花。大概那是因为这时奶奶正在灶前劳作吧,又是因了这天下午那明丽的天空,和路边那"老鸹喝喜酒"的盛开,使他执拗地认为,最好吃的不是细馅果子月饼,而是这钤有麻果印记的火烧。我常看到一个虎势的男孩一手举着这火烧,跳过一棵棵"老鸹喝喜酒"在明丽的天空下奔跑,然后钻进一片朽麻地里找他的伙伴去海阔天空。

我插队时,也注意过这天下午的天空,感觉它明丽得就要溢出颜色,就要染蓝天边的大地,才意识到原来我和我们的冀中平原就是被这么好的天空所笼罩,也才忘掉手上因努力开掘这土地刚打下的血泡。也只有这时,我才想起为什么不去找找那朽麻、那"老鸹喝喜酒"?但我没有成功过。我们那里也有麻,长得不到人高,几个尖尖的叶片像放大的枫叶,也不结麻果,果实是黍子模样的小颗粒。我想,这是线麻吧。但我们这里不用它捻线,我们有棉花。棉花纺出的绳子又白又长,妇女们坐在树凉里纳底子,把胳膊甩个半圆,甩过头顶。我也问过村里的乡亲,关于"老鸹喝喜酒",他们好像听到了什么稀罕,笑得一时喘不过气来。也许是这里没有麻果的缘故,这天人们也不烙火烧,有人只从城里买回由供销社一家垄断生产的,同一种形式的月饼,大人和孩子分吃着。我们也互相捎些回来,艰难地掰。

历史前进得毕竟太快了,转眼间我们的周围变成了另一个天地。当年我回家时进出市里的那条荒凉的城郊大道,现在已是商店林立,满目琳琅的商品从店内排到店外。人在家用电器里穿行,挂在墙上、树上的服装款式大概是从前的几千倍,"雪人""可乐"使你在那里目不暇接。至于说到中秋时那月饼盛况,你会觉得那简直成了生产厂家和顾客的共同奢侈了。谁也不曾料到,单只这么个圆饼会有这么多名堂。那以馅作为标志的名称不仅是月饼南北的大荟萃,也标志着传统和引进,物质和精神。"自来红"、"自来白"、"酥皮"、"提浆"已是司空见惯;"五仁"、"火腿"一听便是源于广粤;"黄油"、"改良"谁都能听出引进的意味;"维生素E"、"钙奶"则宣布着过多的是"精神"。

每年我都要在这些月饼的风景里奔波一阵,为月饼而奢侈也像是一种传染吧。回到家来带着节前的风尘,一包包打开先为自己的选择沾沾自喜一阵,窃喜我购得了最新鲜的"酥皮"和"豆蓉",窃喜今年的"火腿"真是广州运来的……

那么这一年一度的月饼节,由于一年比一年豪华,过节的时间延续也越来越长了——你得吃呀。先是兴高采烈地吃,继而是无所谓地吃,然后是无可奈何地吃,直到最后该分配"消灭"了。然而总有一批不可消灭者要被扔掉的,扔时还要看准时机,轻步掩面,避免落个浪费的罪名。

我家的月饼导致被扔,除了它的过剩之外,另一个原因大约是父亲对它过分冷淡。他由于厌甜的胃口,对月饼这东西总是给以贬义。在他看来,世上的月饼名称任你千变万化地出新,也不过是糖加面,纵有几丝火腿、几粒果仁也早已埋没在这糖面之中。至于黄油,里面果真有吗?昂贵的洋货若像豆油样地加进月饼,那价格肯定远非现在的月饼了。至于那些"精神"货物,又何必呢?就不如吃完月饼再吃个药片。

父亲的理论不无道理,然而我却觉得父亲对各路月饼的淡漠,还是基于他的麻果火烧。那麻果总是随着这天下午的天空在他脑海中出现吧,或者因了这天下午的天空,他脑海中总要出现些麻果的。于是各路月饼变得无奈了。虽然我也感受过这日下午天空的明丽,但我毕竟没有亲自尝过麻果火烧,甚至连朽麻都没有觅见。

后来我无数次地进山,无数次地出省,总不忘记去询问那朽麻,却总未得见。

几年前,我们和我们这个城市的许多居民一样搬进了新居,告别了我在我的《没有纽扣的红衬衫》中描写过的那座"古堡幽灵"。那座楼曾被许多来找我的人念念不忘,不忘它的一团漆黑,不忘它的进入我家时需试探着脚步前进的路途。许多人都要撞在别人家的煤池或杂物上,如果你碰巧撞掉别人家几块砖,你还要尴尬着替人垒上,虽然你正是这楼的一位高贵客人。

我家居住条件的改善,使我也有了一个属于自己的空间。我在自己的空间里起居、写作,有时也接待客人。这空间不大但我喜欢,喜欢它的安静和窗外那一片新鲜空气。写作疲劳时我可以投笔凭窗而望,眼中是一地肥硕的菜和侍弄它们的操着浓重乡音的农民,那声音就像我插队时听到的一样。在近处一短垣内,是为我们供暖的锅炉房,一个三角形的院子常堆着煤山。煤山常常压倒一些草本、木本的植物,有的被淹没了,有的仍在煤山那山底的边缘顽强地生长。要知道几年前这里还是一片凹凸不平的荒地,如今总要留下些"遗腹子"的。

一次我又凭窗而立时,却发现了意外:一簇阔叶植物正从煤山的边缘蹿出来,几片碗大的桃形圆叶在逆光下显出格外的活泼,几朵火星般的小花就在黑颜色里闪烁。我凭着过人的视力还发现,它的枝杆上分明有几个朝天的"酒杯"——呀,朽麻!我迅速跑下楼去,跑进这三角形院子,来到这麻的眼前。一点不错:房样高的枝杆,桃样的阔叶,火星般的花讯,酒杯样的麻果。

我采下一个麻果,回家请父亲验证。父亲惊异地问我是哪儿来的,我指给他说就在窗外,就在眼前。他说,这麻果刚长出,还柔软,里面连籽都不曾有。成熟变硬要到中秋节,现在还不到阴历七月。我说,今年中秋节咱们也烙麻果月饼吧,哪知父亲却显得冷漠了。他说,想想罢了,真做出来你们倒不一定吃了,那不就是火烧么。

我不知父亲为什么一下子对麻果失去了兴致,他指的"你们"又是谁。也许是专指我,也许是对一代人的泛指。他一定在想,为什么要拿这久远的想象来冲击眼前呢?难道父亲真的捋胳膊挽袖子为我们做下这火烧后,我担保就不去月饼风景里奔跑了吗?到头来被冷落的或许还是这填了些豆和枣的面饼了,虽然它有我久觅不到的麻果作铃记,当今我们也不再需要这东西来作补充。这时父亲的淡漠,也许是对他从前那热烈想象的冷落吧。

然而,世间哪有不被冷落的热烈呢,热烈应该和想象同步才是。

让麻果永远是麻果吧!还有我未曾见面的"老鸹喝喜酒"。

1989年11月

城市的客厅

我所居住的城市,总是种花不见花,种草不见草。花开了被人掐了;草种上了旱死了,被当作羊和兔的饲料割了。种草时节,我常常看见园林工人从卡车上卸下昂贵的草皮铺在路边,铺在大大小小的街心花园。然而草的命运仍如从前,居民们一次次企盼,企盼又一次次落空。好像连园林工人对这个城市能绿起来也失去了信心。

我的楼前就有一小片建楼时被遗忘的残砖碎瓦、白灰和黄沙。一年、两年地铺陈在那里。春天的干风、夏日的暴雨、严冬的积雪,使它们变得更加狼藉。人们想绕着走却绕不过,鞋底沾满黄土、沙粒,进楼时脚在楼门口的水泥地面上用力搓,和邻里一起抱怨着:这土,这沙子,这白灰,搓一阵,抱怨一阵,走进家来照样踩脏地板,桌椅和阳台上照样蒙着细灰尘。那片瓦砾只给人带来了怨天尤人的烦躁和一脸怒气,隔断了人们在平和心境下的正常交流。人们盼着这块地方绿起来。我常想,那些绿色的大小花园便是一个城市的大小客厅吧,很少有人坐在舒适的客厅里面带怒气。

有一年楼前的碎砖烂瓦终于被清除了,光秃秃的黄土地上植了草皮,撒下了花籽。当年草皮就遮盖了地面,园中还盛开了月季、串儿红、人面花。碧绿茁壮的松墙将花园圈住,几株龙盘槐错落其间,像一把把绿色的伞,为人挡雨,也为人蔽日。总之,它变成了一个居民小区内地道的街心花园。

花园引来了邻里们:清晨有练"形神桩"的老人;傍晚有散步的夫妻;母亲抱着婴儿在阳光下喂奶;夜深了,还有在这里拼命背书的高考生。人们在这里相遇、相识,不再抱怨这土、这沙子、这白灰,人们互相询问着孩子的健康,探讨"形神桩"与老年迪斯科健身的功效,甚至连说起物价一涨再涨也不那么一脸怒气了。有时即使你最心爱的猫跑丢了你心急火燎去花园找猫,你的"猫事"也会得到许多人的关心。孩子们会勇敢地替你钻进刺人的松墙抱出猫,比你还兴奋地把猫交给你。你和你的猫都与周围的人相识了,人们夸着你的猫,你感激人们对猫的夸。虽然你没有意识到你们的相识是靠了这小小的花园、这小小的客厅。可没有它便不会有这相识,那时连你的猫也不会平白无故受到那片碎砖烂瓦的吸引。

花和草的长成,"客厅"的出现,也并非轻而易举——这城市原本是种花不见花,种草不见草。说得确切,这花园的突现是靠了一位半是雇用、半是义务负责的退休老工人。从刚种下的草皮尚在萎靡不振时,从花籽撒入黄土尚在无声无息时,老师傅便在园中守候了。他守护着花草如同守护自己的儿女,连一日三餐也在花园里吃。他很看重自己的这份守护,他那超乎常人的责任心使人觉得他古老又令人起敬。

然而,习惯成自然。一个城市的习性如同一个人的习性。

月季枝还是被人偷偷剪去插入自家花盆;还有人把串儿红举在手里逗孩子;草皮又秃了。也许是被谁连根挖走种进了自家小院。纵然老人在园中立下牌子,牌子上声明罚款的规矩,老人也总有回家打盹儿的时候。

老人决心来个"杀一儆百",决心亲手抓住一个折花人示众。后来他终于在夜间抓住了一个,她是我对门的一位女画家。当她打着手电筒在午夜剪下一簇月季时他攥住了她的手腕。他们吵起来,吵声惊醒了不少居民。

他要她赔款,要她照牌子上写的数目赔。她辩解说她不是有意要偷,而是职业的需要她要画(花)。

老人风趣地说:"画,画什么,是不是画张小孩偷花?"

人们在深夜大笑起来。

画家不笑,她只对老人说:"画花,不是画小孩偷花。"

"画花干什么?"老人问。

"为了看。"画家说。

"给谁看?"老人问。

"给大家看。"

"让大家都到你家去看,你家客厅盛得下这么多人?"

"可以到展览会上看。"

"花钱不?"

"当然得买门票。"画家说。

"哎,我要的就是这句话。"老人说,"看假花买门票,掐真花不挨罚,行吗?"

"就四朵。"画家说。

"一朵五元,四朵二十元。你识字,有牌子。"老人说。

"非二十元不可?"画家问。

"按牌子办事。"老人说。

"又不是您家的花园。"画家说。

"你说是谁家的?"老人问。

"我说是大家的。"画家说。

"我说是你的。"老人说。

"您可真有意思。"画家说。

"你才有意思。"老人说。

"您比我有意思。"

"我不如你有意思!"

听的人笑得更开心。款照老人的规定罚了。

我从来没与女画家交流过对那次赔款事件的看法,只是不断注意起牌子上的规定,有时觉得它合理,有时觉得它过于苛刻。想到画家是我的朋友,便觉得那规定苛刻;想到人们需要这绿的客厅又觉得它合理。我愿意相信老人那番关于花园属于谁的话,我想这花园属于大家更属于我,正如同我家的客厅属于我。你忍心糟蹋你客厅里的花卉、毁坏你客厅里的摆设么?

在北欧我曾置身于世界最有名的森林绿地,那里的游人即使单人独处,也不忍将哪怕是一张小小的糖纸胡乱抛置。那样的氛围常常提醒你,那里的一切都与人相依相偎。它是你的。我属于世界,世界是我的;我属于河流,河流是我的;我属于海洋,海洋是我的;每一棵参天的古树每一株纤弱的嫩草它们是我的,是我生命的一部分,我爱它们如同爱着我的生命,它们又给了我长于生命本身的快乐。

小花园的花枝不再被人剪掉了。园中那生硬的牌子也不见了,许久没见过那位守护老人了,然而他毕竟为花园创造了一种氛围。在我们城市一角的这间小客厅里,他使人学会了这样想:这客厅是我的。

1988 年 7 月

闲话做人

在我所熟悉的一条著名峡谷里,很有些吸引游客的景观:有溶洞,有天桥,有惊险的"老虎嘴",有平坦的"情侣石",有粉红的海棠花,有蜇人的蝎子草,还有伴人照相的狗。

狗们都很英俊,出身未必名贵,但上相,黄色卷毛者居多。狗脖子里拴着绸子、铃铛什么的,有颜色又有响声,被训练得善解人意且颇有涵养,可随游客的愿望而做出一些姿势。比如游客拍照时要求狗与之亲热些,狗便抬爪挽住游客胳膊并将狗头歪向游客;比如游客希望狗恭顺些,狗便卧在游客脚前做俯首帖耳状。狗们日复一日地重复着亲热和恭顺,久而久之它们的恭顺里就带上了几分因娴熟而生的油滑,它们的亲热里就带上了几分因疲惫而生的木然。当镜头已对准它与它的合作者——游客,而快门即将按动时,就保不准狗会张开狗嘴打一个大而乏的哈欠。有游客怜惜道:"看把这些狗累的。"便另有游客道:"什么东西跟人在一块儿呆长了也累。"

如此说,最累的莫过于做人。做人累,这累甚至于牵连了不谙人事的狗。又有人说,做人累就累在多一条会说话的舌头。不能说这话毫无道理:想想我们由小到大,谁不是在听着各式各样的舌头对我们各式各样的说法中一岁岁地长起来?少年时你若经常沉默不语,定有人会说这孩子怕是有些呆傻;你若活泼好动,定有人会说这孩子打小就这么疯,长大还得了么?你若表示礼貌逢人便打招呼,说不定有人说你会来事儿;你若见人躲着走说不定就有人断言你干了什么不光彩的事。你长大了,长到了自立谋生的年龄,你谋得一份工作一心想努力干下去,你抢着为办公室打开水就可能有人说你是为了提升;你为工作给领导出谋献策,就可能有人说你张八儿说你就会显摆自己能。遇见两位熟人闹别扭你去劝阻,可能有人说你和稀泥;若你直言哪位同事工作中的差错,还得有人说你冒充明白人。你受了表扬喜形于色便有人说你肤浅;你受了表扬面容平静便有人说你故做深沉。开会时话多了可能是热衷于表现自己,开会时不说话必然是诱敌出动城府太深。适逢激动人心的场面你眼含热泪可能是装腔作势;适逢激动人心的场面你没有热泪就肯定是冷酷的心。你赞美别人是天生爱奉承;你从不赞美别人是目空一切以我为中心。你笑多了是轻薄;你不笑八成有人就说整天像谁该着你二百吊钱。你尽可能宽容、友善地对待大家,不刻薄也不委琐,不轻浮也不深沉,不瞎施奉承也不目空一切,不表现自己也不城府太深,不和稀泥也不冒充明白人。遇事多替他人着想,有一点儿委屈就自己兜着让时光冲淡委屈带给你的不悦的一瞬。你盼望人与人之间多些理解,健康、文明的气息应该在文明的时代充溢,豁达、明快的心地应该属于每一个崇尚现代文明的人。但你千万不要以为如此旁人便挑不出毛病便没有舌头给你下定语,这时有舌头会说你"会做人"。

从字面上看,"会做人"三个字无褒意也无贬义,生活中它都是人们用多了而顶了用省事儿了的一个对人略带贬义的概括。甚至于有人特别害怕别人说他会做人,当自己被说成"真不会做人"时倒能生出几分自得。好像会做人不那么体面,不会做人反倒成了响亮堂皇的人生准则。细究起来这种说法至少有它不太科学的一面:若说"会做人"是指圆滑乖巧凡事不得罪人,这未免对"人"的本身存有太大偏见,人在人的眼中就是这样?那么,"不会做人"做的又是什么呢?若是以"葡萄是酸的"之心态道一声"咱们可不如人家会做人",以此来张扬自己的直正,也未免有那么点幼稚的自我欣赏,更何况用"不会做人"来褒扬直正的品德本身就含有对人的大不敬。

记得有位著名美国作家在给他亲友的信中写道:"我的确如你所言成了一个名作家,但我还没有成长为一个人。"此话曾给我极大震动,使我相信学会做一个人本是人生一件庄严的事情。这里所讲的做人并非指曲意逢迎他人以求安宁稳妥,遇事推诿不负责任以求从容潇洒;既不是唯唯诺诺,也不是有意与他人别扭。正如同攻击有时不是勇敢,沉默也并不意味着懦弱。真正的做人其实是灵魂和筋肉直面世界的一种冶炼,是它们历经了无数喜乐哀伤、疲累苦痛之后收获的一种无畏无惧、自信自尊、踏实明净的人生态度。那时你不会因自己的些许进步兴奋得难以自制,也不会因他人的某项成功痛苦得彻夜难眠。真正的做人当然还包括着在正直前提下人际关系的良好与融洽,卡耐基就说过他事业的成功百分之七十是靠了良好的人际关系。当你真正获得了如此做人境界,"累"又从何而来呢?若说学会做人太累,那么生为人身偏有意不去做人不是更累么?若说做人累就累在舌头上(这包括了听别人舌头的自由转动和我们自己舌头的自由转动),我倒同意伊索对舌头的评价,他说世界上最好的东西是舌头,最坏的东西也是舌头。这位智者还无奈地说就是上帝也无法拴住人的舌头。舌头的功能已有定论,似舌头们的议论这等区区小累又何足挂齿呢。

所以我要说,不管这世上存在着多少拴不住的舌头(包括本人的一只),不管做人有着怎样的困苦艰辛,学会做人将永远是我一个美丽的愿望。世界上最坏的东西是人,最好的东西也是人啊!我太愿意做人了,从未设想过去做人以外的其他什么。

我相信就是怜悯狗之累的那几位游人,恐怕也不会有抛弃人类的向往。当我们把思绪和注意力从市面流行的以"会做人"与"不会做人"来区分人之优劣、从舌头是好还是坏为题的不休争论中超脱出来,人类一定会更加健康地成长,我们的舌头和我们的心一定会因充盈了更多有价值的事情而生机盎然。

1992年10月

看卖古董

我家附近有个菜市,也兼容了几个日用陶瓷摊点:罐、碗、盘、碟……比专营店还多,连煎药的砂锅也照顾到了。某日我从这里经过,发现又多了一个瓷器摊点,许多人正围住这摊点,和摊主研讨着什么。上前看看,原来这摊点不同于其他日用陶瓷,都是些只被人收藏、鉴赏的古瓷,心中一阵兴奋。近来,因为一个偶然的缘故,我对古瓷也发生了兴趣,还得知宋代五大名窑是汝、官、哥、钧、定,以及青花瓷始于元代,"斗彩"和"粉彩"的区别什么的。

摊主是两个农村模样的中年妇女,风尘仆仆,操一口河南话。两人眼前摆了些瓶、盘、洗、罐乃至属于唐三彩的马、车、俑。看成色,它们确不是只配摆在工艺品商店的那些新货。瓷器们发着深沉的乌光,"三彩"们滋润着泥土。爱古瓷者把它们拿起来,摩挲着,品玩着,打听着价钱。有人拿起一件唐俑向货主问价,货主答:"四百。"有人双手托一大瓶问价,货主答:"六百。"又有人问:"有青花吗?"——这是对青花瓷的简称。这时摊主左顾右盼一阵,似要提防些什么,然后弯腰从一旧纸箱里一阵翻腾,双手捧出一个圆罐,说:"元代的。"问者接过这瓷罐,有些打趣地说:"不算老。"摊主立即接茬儿说:"有老的,你敢买吗?"即刻有人说:"敢卖就敢买。"摊主马上又从箱中翻出一只淡灰色大洗说:"哥窑的,仔细看看,铁丝、金线。"我知道哥窑瓷是"开片"(表面有纹裂)的,"铁丝金线",那是对开片两种纹路的形容。摊主说完又示威似的举出一只大盘说:"再看这,汝窑的。"我惊讶起来,因为哥瓷、汝瓷都是瓷中之珍品,尤其汝瓷,有文记载,目前全世界也不过几十件。哥、汝我只在故宫见过陈列,连一般地方博物馆都少见。市场若有所见,那是价值连城的呀!我赶快挤上前去,凑近那宝贝,只见眼前这两件宝贝确也非凡:哥者"铁丝金线",汝者"釉若堆脂"。那顾客捧捧洗又捧捧盘,抚摸一阵忽然发问道:"你这东西是出土的还是传世的?"摊主之一不假思索地说:"出土的。你看底上那土多明显。"我也注意到哥洗和汝盘的底都被黄土糊住。那顾客又道:"这就不对了,哥、汝本都是传世的,哪有拿这种宝贝陪葬的。"我端详这哥、汝二器,再看看地上的瓷器,原来都是涂抹了黄泥的。

抹黄泥是一种对瓷的做旧法,但在哥、汝上不假思索地涂抹黄泥确实缺乏道理。

本文万不是让读者提高警惕,慎防这古瓷的假冒。我是说,国人对时世的感应力和适应力之强之快,也包含了无尽的智慧和必要的狡黠。现今农民们引经据典研制古瓷,高声朗诵着哥窑的"铁丝金线",就像当年他们高喊"人有多大胆、地有多大产"一样自如。这本是一件值着称道的事。至于在本该传世的碗上大意地糊些泥土,实属智者千虑的一失吧。

1992 年

别怕

和邻居聊天,偶然地得知,他家保姆的小同乡,一个偏僻山区的十六岁的女孩子跳河死了。因为同班三个男生追求她,因为她不知道该怎样对待他们,因为她没有人可以商量,因为她怕告诉了别人,别人会以为是她轻浮才惹得男生追求,所以她只好用死来结束这个重大的"麻烦"。

这故事对于城市的少男少女,或许有几分原始和古典,或者有人会说:这种愚昧无知的事情当真发生在九十年代么?

亲爱的读者,我所以把这个事件作为本文的开头,并非要对那女孩子的愚昧和无知进行分析,我只想说,也许我们与她的一切一切都不相同,但有一点却不容置疑地一样:我们都曾有过十六岁;十六岁的我们,都曾经遇到过这样或那样的麻烦。

十六岁的我们,分外地敏感,分外地自尊,分外地勇敢,分外地懦弱。我们不再愿意被人称作孩子,我们渴慕成年人面对社会那潇洒、从容的谈吐。如同我们兴趣盎然地关注着缤纷的世界,我们也迫切希望这世界给我们以应有的关注。在人生大舞台上,我们是新手,却急着跃跃欲试,赶快领到自己的角色。当我们"进入角色",成年人也乐意倾听我们的心意时,没准儿我们又封闭起自己。封闭是一种自信,自信旁人无法理解我们;封闭是一种畏惧,畏惧是由于我们不知该怎样准确地表达自己。有时我们觉得整个世界都在同我们作对,有时我们又忽然要同整个世界作对。我们的心绪每每反复无常,我们的痛苦和欢乐也常胜过饱经沧桑的大人。朦胧的初恋,淡淡的友谊,刻意的一次聚会,偶尔的一个秘密……都可能成全我们或带给我们伤害。但是什么也别怕,毕竟我们已经十六岁。

我想起一个挪威男孩子雅可夫,他是我朋友的儿子。我在奥斯陆认识他那年,他十六岁,高中刚毕业。高中毕业的雅可夫高高的个子,一头柔软的披肩金发。他是决意要当一名爵士鼓手的,决心自己挣钱买一套爵士鼓,为此他在一所大学幼儿园当了一年"阿姨"。最初这"阿姨"的工作令他有点儿难堪,也有点儿害羞,他不愿和从前的同学见面,也不愿同家人在一起聊天——直到有那么一天。那天是他的生日,当他按时来到幼儿园,全班孩子每个都为他带来了一件小礼物。他们出其不意地把礼物亮给他,使他意外而又激动。雅可夫捧着礼物回到家来,骄傲地向家人讲述着幼儿园的一切。我见到了那些礼物,每一件都很小很小,最小的一件仅仅是指甲盖大的一只小瓷猴。可是,就是它们使十六岁的雅可夫不再难堪和害羞了,幼儿园的孩子给了他为自己骄傲的勇气。雅可夫坦然地在幼儿园工作下去,他终于攒钱买了鼓,和三个好友组成一支乐队到各地巡回演出。他们歌唱青春,也歌唱人类的相互信任。

我把这个故事作为本文的结尾,是想告诉你,亲爱的读者,假如你刚好十六岁,假如你正好有这样或那样的麻烦,一定别怕。

相信自己,也相信周围他人的处事能力,特别应该相信,十六岁的人其实和大家一样!

1992 年

洗桃花水的时节

一场场黄风卷走了北方的严寒，送来了山野的春天。这里的春天不像南方那样明媚、秀丽，融融的阳光只把叠叠重重的灰黄色山峦，把镶嵌在山峦的屋宇、树木，把摆列在山脚下的丘陵、沟壑一古脑都融合起来，甚至连行人、牲畜也融合了进去。放眼四望，一切都显得迷离，仅仅像一张张错落有致、反差极小的彩色照片。但是寻找春天的人，还是能从这迷离的世界里感受到春天的气息。你看，山涧里、岩石下，三两树桃花，四五株杏花，像点燃的火炬，不正在召唤着你，引逗着你，使你不愿收住脚步，继续去寻找吗？再往前走，还能看见那欢笑着的涓涓流水。它们放散着碎银般的光华，奔跑着给人送来了春意。我愿意在溪边停留，静听溪水那热烈的、悄悄的絮语。这时我觉得，春天正从我脚下升起。

这样的小溪我见过不少，却不知有哪一条比温泉镇村边这条溪水更招人喜爱。虽然它流经的地方是那样偏僻，那样贫瘠，每到春天，还是吸引着那么多人。

温泉镇的溪水是条热水，温泉镇也是因此而得名。一座几省闻名的温塘疗养院就设在这里。我就是在春天，去那里看望一位住院的亲人。

一路上我没想过它的容貌。温泉,你是条泼辣的瀑布从高处一泻而下,还是一股柔软的热流从地下缓缓升起?水有多大?温度有多高?那些身患宿疾的人们是怎样接受它的治疗的?对健康人,温泉的意义到底又在哪里?长途汽车跑了一段柏油路,开始进入丘陵地带。冀中平原被抛到车后,一张张反差小的"照片"又扑了过来。拔地而起的灰黄色山峦,像近在咫尺,又像远在天边,叫你怎么也摸不清它们的距离。我凭着对春天的感觉,感觉着它们的所在。很长时间,车窗外的景致变化不大。乏味的景色甚至使我产生了倦意。

"别闭眼,看磕着哪儿。"一位老大爷吆喝着他身边的小姑娘。

小姑娘抬起头四下望望,有些不好意思地眨着眼睛,脸上泛起一阵阵绯红。这使我又想起了山野里点燃起来的那些桃花、杏花,刚才的倦意也顿时消散。

"去温塘治病?"我问大爷。

"去洗桃花水。"大爷告诉我,一面攥起拳头捶打自己的膝盖。

桃花水?我虽不理解大爷的意思,却骤然感到大爷的话是那么新鲜、怡人,比刚才小姑娘的脸色所给予我的还要浓烈、美好。

我不愿再去追问洗桃花水意味着什么,也许这只是洗温泉澡的一种夸张了的形容吧,难道水里真会掺进什么桃花不成?我从这简单的话语里领略到美的享受已经足够。说穿了,单从自然科学的角度去加以注解,也许反而会失去它美好的韵致。

正午上车,黄昏前到达温泉镇。下车后,果然同车人大都走进了这座有着现代化规模设施的温塘疗养院。办完探视手续,我才想起寻找我的邻座大爷。但拥在住院处窗前的人群中却没有大爷和那位小姑娘,只有"桃花水"的声音越来越清晰地在我耳边"流动"起来……

第二天我概览了这座疗养院的全貌,也懂得了并意外地享受了温泉澡的妙处。原来那是高压水泵把地下含有氡气的温泉水抽进高入云霄的水塔,再从水塔内引进各治疗室。细腻、滑爽的温泉水注入洁白的澡盆,清澈见底。入浴时,如果不是耳边那涟涟的水声,你会觉得自己是坐在一团绵软的、暖融融的气体上,你失去了体重,你正无所依托地向一个地方上升……

这就是桃花水吧?它应该是。你看那水中泛起的一朵朵小浪花,恰似桃花开放——人们总是按照自己的臆想,去把那些美好的事物想象、形容得更美好,更理想化。否则,怎么还会有诗、演义和传奇?可我怎么也不相信自己的主观臆想,我又想到了那位同车大爷,他显然不是这座现代化疗养院的病人。桃花水一定还蕴含着别的奥妙。

紧挨疗养院是真正的温泉镇,这是个二百来户的山村。一条陷在干燥黄土里的红石板小路顺坡而下,街里几家旧板搭门脸,和门内作为营业标志的幌子,装点了这座旧镇的古风。尤其一家理发店内伸出的白布牙旗,更能使人想到古代那些古道驿站。几家烧饼铺是近两年新开张的,门上大都用店主人的姓氏写着"王记烧饼铺""何记烧饼铺"……有的挂出一只柳条笊篱,意思是店内还兼营炒、焖、烩饼。不论新店老店,门框上都贴着吉祥的对联:"生意兴隆通四海,财源茂盛达三江"。这些属于生意经的传统对联,现在不知为什么似也有了新的立意。新店和老店很容易区别:新店的绿油漆、玻璃门窗不仅有别于旧式板搭门,木风箱旁边还接上电动吹风机。顾客进门一坐,只消一拉开关,三两分钟之内你就可以吃上油汪汪的炒饼、味道浓郁的豆腐汤,而那木风箱只是偶尔遇上停电时才有用场。一位姓邢的掌勺大爷,一边提刀切着饼丝,一边告诉我,半小时之内他做过四十份炒饼、四十碗豆腐汤,速度和质量都得到顾客的盛赞。这样好的生意,可惜一个倔儿子不愿接班,愿意买台小拖拉机往附近水库大坝送沙子。一天两个来回,一趟收入五块半。就这样,扔下烧饼炉走啦。

"四十份炒饼,有那么多吗?"我问。

"怎么没有?眼下正洗桃花水。"

"桃花水?在哪儿?是不是疗养院?"我一连串地追问着,虽然早已意识到我理解上的错误。

"那算什么桃花水,把水抽上天再放下来,没劲。你顺街往西走走。"

吃完大爷的炒饼,我出门一直向西走去,不多远已是村口。土山脚下那是什么?似霞,似雾,似流动着的火焰,莫不是一片桃林?我终于又看见了那点燃在北国春天里的嫖红,这才是春的信息。可桃花和水又有什么关系呢?我决定再向前走。不断有三三两两的行人迎面而来,有男有女,但大都是腿脚不利索的老人。老人们边走边用精湿的毛巾擦着脸,拧出毛巾中的水珠。

他们腿脚虽欠佳,个个面容却很舒展。水,水,我好像闻到了水的芬芳。

一条坚硬、光明的小路直通桃林,原来桃林的那一边才是温泉的源头。刚才远处所见并非雾,那是温泉源头的蒸汽。那些面容舒展的老人便是从这里走出来的。穿过桃林,那边果然是一片温暖的浅滩,金黄色沙粒上蒸腾着热气。洗桃花水的人们都聚集在这里。人们在浅水里围着一个个涌出地面的泉头,高挽起裤腿,双膝跪入水中,默默地接受着大自然的陶冶。人们没有言语,只有对水的虔诚。

热爱自然,也许是人类的天性。大自然有时热烈,有时冷漠;有时温存,有时残忍。但它带给人的永远是生机,是生命的延续再延续。大自然孕育了人类,在物质文明和精神文明高度发达的今天,人们更加渴求大自然的抚慰。

对于这个温泉的记载是从战国开始的。一年一度的桃花水,千百年来你抚慰过多少黄帝的子孙,又有多少人向往着你的抚爱。但在二十世纪八十年代,几个小小的温泉源头,一片浅浅的温沙滩,已经远远不能满足人们的需求。温泉镇的小伙子和姑娘们,就更愿走出浅滩去享受那淋漓尽致的温泉浴。那座设备可观的温塘疗养院虽和他们没有缘分,两座温泉浴室却又出现在温泉镇的红石板街上。属于公社的那座规模虽不小,但附近三乡五村、山前山后的农民,还是愿意到一座新建的男女温泉浴室入浴。这里一切免费,连存车处都免费,因为它是靠几家个体户自愿资助兴办的,据说还有卖炒饼的大爷那位"倔儿子"一份。单看浴室门前那黑压压的一行自行车,就知道里面的盛况了。

女浴室里，姑娘们那一阵阵无所顾忌的嬉水声互相碰撞着溢出窗外，吸引我走了进去。我忽然想起格拉西莫夫那幅油画《农庄浴室》。画面上是一群集体农庄的健壮妇女，钻在浴室里，在淋漓尽致地享受热水沐浴。她们的兴致是那样高涨，体态是那样无拘无束。但和这些相比，画面上的小木屋就显得太低矮、太拥挤了。低矮的木屋，狭窄的水池，它好像包容不了这群人体的青春光华……温泉镇的女浴室可不是一座低矮的小木屋，这是一座墙壁镶有洁白瓷砖的水泥建筑。水池足有半个游泳池大，水也是饱满、充裕的。姑娘、媳妇们就在这里脱掉穿了一冬的厚棉衣，潜入水池，尽情享受水的抚爱。对，是抚爱。不然她们的身体为什么会那样丰硕、那样光彩照人；她们的面孔为什么会那样滋润、那样容光焕发？她们走出浴室，大方地走过男浴室门口，信手拨弄着披在肩上的湿漉漉的长发，骄傲地接受着小伙子们远远投来的目光。

温泉镇人用桃花来形容春天。我注意到，他们不仅爱种桃花，剪桃花窗纸、桃花门挂来装点春天，连娶进家门的新娘子也用桃花来形容。新房炕头上，新娘所坐之处都用红纸墨笔写上：桃花女在此。然而，这才是真正的桃花水。是水，是春天的水洗开了一树树面容姣好的桃花。

出浴的姑娘们扬着头走在古镇的红石板街上，走过那些挂着幌子的饭馆、店铺。她们的面容使这座古朴的温泉镇变得滋润了。

1983 年 3 月

三月的一个晚上在福州

这是在福州的最后一个晚上,明晨我就要返回北京。

晚饭后天已经很黑了,我还是坚持到街上去。我需要买一个编织袋,就是人们俗话说的那种"二道贩子包"。我不曾想到除去旅行箱,自己还会有这么多东西需要装进编织袋,更不愿意手提那么一只袋子上飞机——那几乎是一个贪婪而又寒酸的抢购者形象。但是你怎么能够否认这种袋子的实惠呢:它自重轻,装的东西多,而且便宜。我就奔着这实惠去了。

谌容女士一定要陪我去,她说天太黑了她不放心,她说一个人走路太累两个人就好些——可不是么,下午我们才从武夷山回来,所有的劳累、疲惫和困乏几乎都在这最后的晚上释放了出来。不再有和企业家的座谈,不再有各方领导的看望,不再有莫名其妙的寒暄,人们在房间里做着自己的事,大约都是洗澡和睡觉。这时候谌容作陪就令我着实地感动,使我自然而然觉出她身上洋溢着的母性。

出了海山宾馆大门,绕过门前那辉煌的喷泉,我们走上直通街面的一条林阴道。我得说我们在这时受到一个精神不正常者的恐吓:那人从暗影中窜出,一边追赶我们一边声嘶力竭地喊着

"杀了她俩!"

那疯子喊着追着,我俩则彼此握紧了手默不作声地跑。后来我发现人在受惊吓时无非有两种表现,一是高声尖叫,一是默不作声。我们终于默不作声地跑上大街直奔马路对面的一家商店,回头看看疯子没有追上来,而一群强烈地要与我们兑换港币的年轻人却将我们围住,给人一种更大的不安全感。我们既不敢对那些乞讨港币的年轻人发怒,又不能钻进这商店久久不出去,这店里没有编织袋,去他的编织袋吧,回宾馆要紧。

商店旁边就是民航售票所,我们拐进这儿才好像定了神。借他们的电话和宾馆通了话,电话打到冯骥才房间,接电话的顾同昭女士一听我们被"困"在街上,第一句话便是:"别着急,我马上去接你们。"——她居然没想到首先求助于男性。她是一位文静的女性,而文静的女性往往有献身的勇气。

我们自然不能要她前来,结果她请来了三位企业家,与我们同住海山宾馆、与我们同开一个会的三位企业家。这里有必要向读者交待:三月的海山宾馆住着一些企业家和一些作家,参加《中篇小说选刊》和东方文化基金会联合举办的小说授奖大会。作家的奖金由企业家提供,而企业家的艰难创业也需由作家来描写。

我们坐在民航售票所的长椅上等待,很快就等来那三位领我们回去的人,不由得生出些兴奋。我抢先奔出民航售票所,谌容抓起长椅上一只手提包紧随我出来。于是售票所的工作人员也追出来喊了:"喂,同志,那是你的手提包吗?"他们喊着,笑着。

原来谌容在焦急、惊吓之中竟以为那包是我的,竟以为我在慌忙之中忘了自己的包。那么,除了她义不容辞地替我抓了包便走还有谁肯做这种事呢?倒仿佛粗心大意的是我。

把手提包还给售票所,我们俩方才有了点笑容,也许我们在想同一件事:当人受了惊吓时要么将手中的东西失手打碎(银幕上常有之现象),要么抓住一件东西紧紧不放(银幕上不常有之现象)。

我实在无心去买编织袋了,尤其不忍心谌容再陪着我跑。结果企业家们提议兵分两路:一位陪我继续购物,两位陪谌容返回宾馆。自告奋勇陪我继续购物的是会上那位惟一的农民企业家:个子不高,肤色较黑,人到中年,少言寡语。据说他是福建有名的珍珠大王,此次为授奖大会赠款三万元。

我和他一前一后地在街上走,开始了我在这一晚的第二阶段跋涉。他走得很快,穿着皮鞋的脚不时踏进雨后的便道上那深深浅浅的水洼,并不多和我搭讪。这使我的精神也渐渐集中起来;和一个陌生人走路也没什么别扭,只要你目的明确。而我的目的是明确的,为了买到编织袋,一个最简单的缘由。

也不知走了多远也不知走了多久,总之是很远了吧,时间也已很久,我终于在一家日用杂品店看见了编织袋。那种灰白两色交织的最合我意,三块九毛钱一个。我专心挑我的袋子,他却迅速地为我付了款。那一瞬间不知为什么我非常地不自在,我几乎要把这不自在形容成恼火。我坚持自己付款却终没敌过他那黝黑的大手有力的推挡。我发现营业员在盯着我们看,我猜她在猜测我与这位农民有着怎样的关系。

我快步出了店门只听他对我说:"来一趟福州不容易,咱们到大商场转转吧,想买什么你只管说。"他伸出右手在半空划弧形,做了个很有气魄的手势。他的语气他的手势使你不能不相信他确有气魄,他不是跟你胡说。然而我的恼火却是继续下去了,这恼火里又平添了几分沮丧。我说咱们回去吧,我什么也不需要了,真的。

我和他一前一后地在街上走,我不知手中拎着他花钱给我买的袋子我更像什么。我仿佛一个没见过世面的乡下穷人被阔主领进了眼花缭乱的世界,只等这穷人开口了,阔主有足够的钱支付你的欲求。我不知这联想起源于我的虚荣还是起源于我的自尊,有时候虚荣和自尊也每每发生混战。

也许这确是一次不大不小的混战,我设法去想别的,应该想得单纯晓畅:他不过是尽地主之谊,用抢着付钱来表达他对作家的尊重——不是么,如果他不尊重作家为什么一次会议就捐赠三万块钱呢?难道我没看见他的一片诚意么?我不能否认他在杂品店里跟我说话时那一脸的质朴和热诚。我更不能否认他绝无要我为他的珍珠养殖场写点什么的意图,他明知我们明天就要返回北京。也许我分明地该为这三块九毛钱被他支付而欣慰,这正是当今我们的农民的气度和气派。"梁生宝"永不复返了,难道你愿意看见他们掏钱时那永远的犹豫、谨慎、怀疑和瑟缩?

可我的情绪为什么还不能昂扬一点?随便聊点什么吧,为了友谊,和他。

因了他的热诚我不能对他发火。

因了他的热诚我又特别的冒火。

我和他一前一后地走,我无法与他交流。

我不断地想起十几年前在农村插队时,我们生产队一位夏天爱光膀子的老太太,想起我与她的友谊。我们的友谊始于地头歇晌儿时的下棋:她在地上画出棋盘再撕几片树叶做棋子,一切便齐备了。那时我深知下棋不是目的,目的是老太太赢了我之后会跑进深深的玉米地,顺手劈几根甜棒出来给我,就像慰劳我的失望。她能找着特甜的甜棒。于是我盼着她赢,盼着她跑进玉米地。甜棒给了我极大的满足,而老太太那一对在紫花裤腰上蹭来蹭去的褐色乳房使我感到像妈妈那样的亲近。

我不知道为什么在灯火辉煌的福州街头我执拗地思想那个北方庄稼地里的褐色老太太,老太太会给我找甜棒,她却终归不能成为珍珠大王。要是没人付钱我会自费到福州来么?要是没有奖金每个获奖者只发给一根绿色甜棒我的心情又该怎样?也许一切的恼火沮丧均是我吃饱之后的多余,我是太想知道自己是谁了,这太想知道就导致了我不知道我自己。也许我真的是个作家,他在这么短的时间内不用抢着付钱又该用什么来表达对我的敬意?——也在路边下一盘棋?也许我不过是个比当今许多农民贫穷许多的文字匠,被人手疾眼快抢着付款最为实际。

我们默默地走上通向宾馆的那条林阴道,我哀求我昂扬起来,可我却没对他表示我丝毫的谢意。我忽然觉得他是畏惧我为那三块九毛钱而谢他的,也许这一路他正在为他付的钱太少而过意不去。我的恼火和他的"畏惧"就构成了我和他之间无法沟通的障碍,在这障碍面前我们固守着各自的那一份孤独。

林阴道又使我想起来时那追赶着呐喊的疯子,此刻我分明地又看见了他。他垂着头安静地坐在路边像在祈祷,又像在聆听海山宾馆舞厅里传出的音乐。

他的存在终于使我大胆地从疯子身边走过。前面就是宾馆了,灿烂如礼花的喷泉已经在望,丽人的身影在舞厅门前影影绰绰。走进大堂,但见企业家与作家们彼此相邀结伴跳舞,气氛特别地融洽快乐。回到房里,桌上又是一堆东道主热诚的馈赠。新买的编织袋被塞满了,为防止爆裂又在外边拦起两道尼龙绳。

我坐在床边守着这庞大的包裹,心中涌现出无限的凄清。一刹那我忘掉了自己,宛若儿时在街上摔个跟头就彻底忘却了自己上街的目的。

又有几个人记得他呢?我甚至不记得我是在电梯里还是在大门外跟他告别的。只有在以后的日子里我才常常看见,他好像沉默寡言地老是在一片孤岛上站着。

当人们离得最近的时候不是离得最远么?

当你想明悉你的心绪那最不明白的还是你自己。

三月的这个晚上怎么了我?

1989 年 4 月

孩子之一种

记得我们在儿时,总觉得只有通过劳动才能被大人重视起来。周末从寄宿小学归来,倘若双亲吩咐我一件与劳动有关的事,我那响应的心情也会因此而自豪。有一回正在做饭的母亲让我替她剥一棵葱,我拿起葱来就剥。但葱的层次是太多了,而我实在不知剥到哪一层才算是剥好了葱,结果把一棵白生生的大葱给剥没了。母亲看看满簸箕的葱白没有责备我,只给我讲了剥葱的要领。从此家里凡需剥葱时我必定抢在前边,我乐意让母亲看见我学会了剥葱这样一种劳动。

假如我生在九十年代,我想既没有人吩咐我剥葱,我也不可能因为掌握了剥葱的要领就兴高采烈。九十年代的孩子对生活的判断和对自身价值的评估,自有他们的眼光,他们对剥葱本身嗤之以鼻也说不定。

在从前的一些年代里,我们曾经对"人之初,性本善"争论得昏天黑地,但不管结论如何,人之初性不恶是可以说得过去的。因此孩子才是爹娘掌上的明珠,才是祖国的花朵,才是民族的希望,才是人生大厦未来的栋梁,才是牢固夫妻关系的柱石,才是一个家庭可以成立的标志。孩子还是什么?是太阳,是春风,是人间一切美好辞汇的总和,是一切活得疲惫不堪的成年人梦想回归的状态——不是常听人说么:多么希望我还是个孩子!即便是在刚刚举行的第二十五届奥运会开幕式上,虽然我们已被如多明戈这样的歌坛巨匠富丽、热烈的歌喉所陶醉,但真正令我们怦然心动的,还是那个率领着多明戈们演唱贝多芬《欢乐颂》的金发男孩。当那孩子不加修饰的清纯童音在巴塞罗那的蒙锥克体育场响起,有哪一位成人胆敢愧对这圣洁的童声呢?

没有孩子世界便没了希望,没有孩子人类的生存也丧失了意义。特别是九十年代的中国孩子,因了国家控制人口的举措,因了优生优育的确实必要,因了父母望子成龙、望女成凤的心意,更因了有些父亲和母亲为了在孩子身上补偿从前他们未曾得到的一切,这些孩子便成了全世界的举足轻重。于是他们深知了自己的分量,就不知什么叫做"不行"。他所要的,立刻就有;他说往东,你不能往西;他讨厌你时,你须尽快避开;他沉默时,你便不可喧哗。如此,从前的情形就颠倒了一下:从前是大人喜欢议论谁是他宠爱的孩子;如今孩子可随时挑选哪个大人能够得到他的宠爱。我曾在街头冷饮店门前见到这样一幕情景:一位白发老者手推童车,躬身问车内一三岁左右儿童:"你吃雪糕还是喝汽水?"三岁儿童低垂眼皮,似听非听。白发老者将身子躬得更低些,再次问道:"你吃雪糕还是喝汽水?"三岁儿童把眉毛皱起,仍是似听非听。白发老者用了几乎是谄媚的温婉音调第三次问道:"你吃雪糕还是喝汽水?"这次儿童终于开了口,口气之骄蛮、之不耐烦,宛若某些对下属发令的上级。他皱着久未松开的眉头说:"急什么,让我想想呀!"若此时白发老者再不知趣地打断他的"思路",车内儿童定会瞪眼断喝一声"讨厌"了——这使我想起孩童的以眼睛瞪人之习惯,似乎在九十年代也特别地发达。有位记者朋友出差数月回到家中,他那未满两岁的女儿就用狠狠瞪他的方式向他表示了"欢迎",好比某些文学作品里惯常的描述:"××用眼睛狠狠地剜了他一下。"瞪和剜也许还有区别,但瞪和剜都足能引起大人的感慨。这记者叙述时便带出得意的感慨,说如今的孩子到底比我们那时聪明,小小年龄居然已学会利用眼珠传达情绪,简直不可思议简直成精了!

若在公共场合,瞪人、"剜"人则显出逊色了,因为瞪和"剜"毕竟是无声的,他们愿意弄出点翻天覆地来。有一次乘火车,我与一位学龄前男孩为邻。显然这男孩对于这列火车除载着他和他的父母以外居然还装载着其他人颇为不满,而这些旅客又不曾对他表示出如他父母对他那般的热忱,就更使他倍觉孤独。于是他便决定闹出点什么来,于是父母便成了他磨难的对象。他一忽儿光脚在车厢走道奔跑,一忽儿又返回座位将踩脏的脚丫蹬上他母亲的腿;他一忽儿指挥他的父亲下车买烧鸡,父亲买回一只他还要他去再买一只,因为他要吃三个鸡爪,吃完三个鸡爪便是无数次地要求吃西瓜吃蜜桃吹泡泡糖喝饮料,紧接着就是母亲无数次地陪着他去无数次的厕所。厕所终于去完了,而他一时又想不出别的闹法,只好骑上他父亲的脖子,揪他父亲的头发挖他父亲的鼻孔扇他父亲的耳光。当他的父亲半是玩笑、半是严肃地问他"你知道我是谁"时,孩子马上回答:"你是大坏蛋!"

这样的孩子,若只对自己的父母如此倒还罢了,正所谓周瑜打黄盖——打的愿打,挨的愿挨。自家人好算账,不是么?可是,大人总不能启发孩子去扇别人的耳光,骂别人是大坏蛋。在别人面前,大人总愿意展示一下孩子的聪明伶俐乃至必要的礼貌。例如碰见熟人,大人多半会启发孩子"叫叔叔""叫阿姨"之类,至于叫与不叫要看孩子此时此刻的兴致。倘他正逢高兴,也许会大叫一声叔叔或者阿姨,即便那叫声里充满着心不在焉,这叔叔阿姨也会以高涨的热情来夸赞孩子的乖巧和仁义。可惜下回,还是这叔叔还是这阿姨,还是这孩子还是这孩子父母的启发,孩子则死活不再开尊口。他望着眼前的叔叔阿姨,一副不屑一顾的姿态,接着还会不耐烦地扭动身子并辅以跺脚、摇头。若此刻父母再对他施以启发,他会愤怒地拿眼"剜"起叔叔阿姨(这会儿可真叫剜了)叫着"就不!就不!"不止一位"叔叔阿姨"对我谈及他们在这种孩子面前的尴尬。因了这尴尬,再逢这样的孩子,他们便预先识趣地躲开,且惟恐避之不及。

　　这孩子之一种固然不叫人喜欢,然而这一切又实在怨不得孩子——毕竟人之初,性不恶。他们那过早掌握的以眼珠"剜"人的本领,他们那颐指气使的行为作派,他们那无视他人存在的专横言辞,有哪一样不是从成年人身上学的呢?

　　我们亦不止一次地看到,有些尚被成年人称为孩子的年轻父母,因了自己手中更幼小的孩子,就认定自己的一生已经圆满;就认定他们之所以还能活下去,完全是因为这手中的孩子。他们甘愿蓬头垢面,衣衫不整,饮食饥一顿饱一顿,工作有一搭无一搭——只要能寸步不离他们的孩子。母性的光辉确有震撼人心的力量,这样的父母在走进厨房时,也决不会劳子女的大驾为他们剥葱。但我仍然怀疑在这种光环笼罩下的孩子,当他们长大成人后,真的能够感激并爱戴他们的父母么?

假如父母与孩子之间的平等关系是人类一种美妙的关系,九十年代的平等决不意味着让大人变成孩子的奴仆。

在您的孩子面前您是大人;在您的大人面前您是孩子。所有的孩子都是人类的希望,因此您必得有雄心学会同您的孩子一道美好地成长。这样的成长其实需要更多的勇气和智慧,以及正视自己的耐心,我想。

1992 年 7 月 26 日

惦念

去年冬天,我曾经在一个名叫娄村的乡里住过些天。

娄村乡地处保定西部山区和平原的接壤处,属于丘陵地带。安静的公路时有舒缓的起伏,公路两旁,是土质肥厚的麦地和错落有致的青石板铺顶的砖房。这些农民的房子大都很新,有些房主刻意在门面上做些"雕梁画栋"般的装饰,显示着这里富裕,也给冬天里沉寂的原野平添了许多颜色。

我被安排在乡政府,占了乡文化站的一间屋子。这屋子的主人是个年轻女孩子,因为我的到来,她暂时回家去住了。幸好她家离乡政府不远,只一里地。我走进我的临时小屋时,那女孩子显然刚刚离开:桌椅都很明亮,打扫过的砖地上还散布着泼洒均匀的水痕,使这陈设简单的小屋充满湿润的馨香。我想那女孩子定是用香皂洗了脸,又就势将洗脸水洒上地面的。在乡下,很有些勤快、利索的女性喜欢用这种办法保持房间的干净和空气的清新。我把随身带来的行李解开,铺在女孩子为我腾空的铺板上。这时院里响起钟声,晚饭时间到了。

乡党委书记和乡长领我去食堂吃晚饭,我就势将这院子看了一个大概:几排坐北朝南的平房,院子正中有水管一个,厕所在东南角,墙外便是大片的野地了。房子不新,大约建于五六十年代,每排房前都有些落尽了叶子的杨树、榆树,像许多北方乡间的院子一样。

食堂在院子的西南角,由一名姓姜的师傅主持。我被领进食堂,书记微微猫下腰,把脸凑在打饭的小窗口,把我给正在里间卖饭的姜师傅做了介绍。我也招呼了姜师傅。

姜师傅是一位高个儿、长脸的老头,穿一身褪了色的军裤军褂,头上是一顶耷拉着帽檐的旧军帽。对于我的招呼,姜师傅并没有过于热烈的反应,只说:"闺女,有馒头,有糖包,你吃什么?"我说吃什么都行。姜师傅说:"吃个糖包吧,把碗伸进来,闺女们都爱吃甜的。"他把一个热气腾腾的糖包放进我的碗,又为我的另一只碗盛上同样是热气腾腾的粉条豆腐菜。

人不论在哪里,肚子里有了甜的热的,心里就会踏实下来。我吃着糖包和热菜,院子里也跟着黑了。入冬以后,天黑得很快,黑得很透。我打着手电和书记、乡长回我的小屋,在门口,书记指着一堆煤面和一堆黄土说,每晚睡觉前我应该和些煤泥封火。这时我才想起,我的屋里是有一个红砖盘就的自来风煤灶。那么,我还得学会封火。乡长绰起铁锨,为我示范了和泥要领,并告诉我说,煤面和黄土的比例是三比一。

书记和乡长走了,一切都安静下来。我坐在我的铺上,望着因年头久远而发黄发脆的顶棚。顶棚是用报纸糊的,报纸上罗列着七十年代末的一些新闻。看过了顶棚我又环顾四壁,四壁贴满了从杂志上剪下来的电影明星剧照和生活照,照片也因时间久了而褪去许多颜色,比如那些本来涂着口红的唇们都一律地苍白着,使她们看上去睡眠不足,精神萎顿。我端详着明星们,猜测着哪一位是这房间的主人最最崇拜的。我无法说清为什么我会在这样一个小小的空间长时间地东瞅西看,似是排遣这突然到来的寂寞,又似是为了消除这近在眼前的陌生——这确是一种陌生,尽管四周有一大群公众熟识的电影明星相伴。

也许陌生感最容易调动起人的警觉了吧?我想起挎包里的手枪,这手枪是行前一位友人借我的,他告诉我这是防身用的电击手枪,不会致命,充其量也就是壮胆。真要用时,一定要等歹徒靠近,将枪口抵住他的皮肤,才能把对方击倒。友人的介绍反倒增加了我的害怕,试想,当一名歹徒真的出现在眼前,我怎么可能有时间等待他靠近呢?等待歹徒的靠近,需要耐心和胆量。我自信自己缺乏这样的耐心和胆量,手枪于我,或许就真是个壮胆的摆设了。我从挎包里掏出枪来,摹仿着某些电影里的场面,将枪压在枕下,开始了我在娄村第一夜的睡眠。

半夜里我要去厕所,于是穿衣起床,把自己武装起来;披上军大衣,衣兜里放好手枪,手中再亮起手电,推门出来,走进伸手不见五指的黑暗。从我的屋子到厕所要穿过整个院子,想到厕所与野地只一墙之隔,我甚至觉得歹徒说不定就潜伏在墙根暗处。我一边用想象出来的危险恐吓自己,一边又攥住大衣兜里的枪柄壮自己的胆,盘算着当意外发生时我应该先闭手电还是先掏手枪。除了寒冷而又寂静,什么意外也没有发生。我走出厕所,发现这院子不像刚才那么黑暗了。西南角有灯光,那便是姜师傅主持的食堂了。大半夜他在食堂干什么呢?

我没有再回屋睡觉,打着手电拐进食堂。厨房里暖烘烘的,有热气从焙着的锅里冒出来,姜师傅正坐灶前抽烟。他告诉我说,他正等人回来吃饭。

原来这季节税收工作正紧,乡里的干部们编成十几个小组下去收税,常常早出晚归。这种晚,晚到了没有时间,有时一天要开二十几顿饭。为了叫人们回来就能吃上热饭,姜师傅索性昼夜坐灶前。我出主意让姜师傅回去睡觉,谁回来谁再去叫姜师傅。姜师傅却说,做饭的理应等着吃饭的,不能让吃饭的去叫做饭的。转悠一天,再遇见点儿不顺心,一顿热饭菜一吃,也就过去了。

税收是件麻烦事,大约顺心的时候总是不多。在以后的几天里,有时候我碰巧和收税干部同路归来,他们一边向我唠叨着这差事的艰辛,一边又说:"幸亏回去能吃上口热饭,姜师傅等着咱们呢。"

姜师傅坚持着他的等待,食堂的灯光彻夜长明。白天的时候他照旧做饭、洗菜、敲钟——这时我知道,挂在食堂门前榆树上那口招呼人吃饭的钟,一直由他亲自敲响。哪怕这院里的干部倾巢出动去收税,哪怕只剩下我一个人等待吃饭,姜师傅也要单为我把那钟按时敲起来。他敲得有力,从不潦草。

有一天全体乡干部因事出门,我也要去附近一个村子采访。这天的午饭,只有姜师傅一个人吃了。中午,当我盘腿坐在那村里一个乡村医生的炕上吃饭时,却听见一阵钟声。这钟声悠远,但听起来依然有力,且不潦草。这,当是姜师傅。

晚上回到乡政府我问姜师傅,是不是中午又来了吃饭的人,姜师傅说只他一个人。

我说您一个人吃饭还自个儿给自个儿敲钟?

姜师傅说我是敲给你听哩,虽在外村,也能听见,派饭也得按时候吃。你们这种人爱和人聊天儿,别聊起来没完忘了吃饭。

我忽然觉出娄村的一切于我已经很亲切了。我甚至将手枪送回了挎包,半夜再穿过院子时,脚步也从容自如起来,有时连手电也扔在床上不拿。

在文化站我那临时小屋里,我开始了我的写作,体味着被人惦念就有幸福,品尝着惦念别人时内心的丰富。或许姜师傅不识太多的字,或许姜师傅终生不读我的小说,但作为写小说的我,每每提起笔来,却常惦念起姜师傅。

人类的生存是需要相互的惦念的。最高尚的文学也离不开最平凡的人类情感的滋润。

又过了一段时间我才问清姜师傅的简单历史,他是个复员军人,在乡里做了四十年饭。

1992 年

告别伊咪

1

这家的父亲从熟人家回来,对这家的母亲说,熟人家有一只白猫,一只他从来没见过的好看白猫。只是他们养猫的方法有些特别:用根破草绳将猫拴在厨房门口,猫浑身沾满灰尘。猫眼前是一个糊满嘎巴的空饭碗,叫人觉得这猫若有手,手里再有一根打狗棍,猫的处境就更不一般了。母亲说父亲想像力丰富,居然能把猫想做一个乞讨的人。女儿说,也许是猫的美丽和它那粗陋的生活方式对比之鲜明,才给父亲留下了深刻印象。全家感叹一阵,就转了话题。

数日后的一个晚上,熟人来到这家,手提一只不大不小的纸箱,对父亲说:"上次您去我家,不是夸过这猫好看么,我给您送来了。"说着也不看这家人的眼色,就把纸箱打开将猫放了出来。

熟人的言行令父亲和母亲有些尴尬,因为父亲虽然夸奖过这猫好看,却并没有养猫的打算。这家人从未养过猫,再说他们住楼房,女儿也极爱干净。一家人望着那猫,猫蹲在熟人脚边,蓬头垢面,眼神躲闪,宛若逃学之后斗殴归来的一名顽童。

一时无人对猫的去留发言。

熟人有些沉不住气,便竭力向这家人证明眼前的猫原不是这猫的本色。为使猫显出本色,他请求母亲立刻备盆备水,他要当场将猫洗净。

用温水清洗过的猫果然焕然一新,当他那通身雪白的长毛变得光润、蓬松之后,他也自觉无愧于这世界了。他并紧健壮的双腿,闪烁着一双圆而大的眼睛好奇地打量起生人。他那淡蓝色的眼睛配以淡粉色鬓角,显得格外娇媚。熟人观察着父亲和母亲,那眼光像在说:"你们不会为难了吧!世上难道还有不喜欢这猫的人么。"

接着,熟人又趁热打铁地诉说了他将这猫送来的原因:父亲去世了,他要结婚了,于是便要给猫找一家最好的新主人。

熟人讲的尽是实情,新主人便决定收下这猫。难道还能再让这只干净猫钻进纸箱,让熟人拎着去找主儿吗?那就仿佛是他们全家一道抛弃了这猫。

这是四年前的事。

2

女儿给猫起了个名字叫作伊咪。邻居们都称赞伊咪的出众,却又提醒说:这猫大了点,养猫可是要自小养。

这时全家人才发现自己并没有大猫小猫的概念。记得熟人送伊咪来时说他六个月,而明眼人却告诉母亲说,这猫肯定有一岁多。如此说,熟人送猫时,显然是瞒了岁数的。

无论伊咪是否被瞒了岁数,无论他是否已一岁有余,在这家人已不是最重要的,重要的是他们看重了伊咪的品格。这是一只仁义且憨厚的猫,他不肯轻易向人邀宠,也不随便感谢人对他的好意。来这家之后,他很花了些时间观察、体味和思索周围。他常常与家人拉开些距离,独自凝视着一个地方,似乎不愿太快地忘记从前那"破草绳、打狗棍"的生活,虽然现在的日子比从前要优越得多。首先新主人不再拴他,他尽可自由出入每个房间,并在晚上,走进父母房里,跳上床在母亲的脚边睡觉。他的饮食也从此规律起来,每日两餐,饭盆和水碗被女儿洗刷得干干净净。在逐渐地有了安全感和舒适感之后,他还为自己找到了鐾爪的地方:饭桌的桌腿。他常在一觉醒来之后走近饭桌,双"手"抱住桌腿开始他的鐾爪运动。有人说猫的鐾爪,大约是对爪的磨砺吧。他后腿拄地,前爪紧抱起桌腿,咯咯挠着,那爪子"刮"下的木屑落在地上,地上常有一小片淡黄色的木屑。日久天长,桌腿显出坑洼,那坑洼的桌腿就好比枯瘦老人的那站不直的腿。

在伊咪的鐾爪过程中你才能窥见家猫血液里那一点原始的野性:总要有备无患吧,总要为着意外的自卫而磨砺自己吧。这使得主人一直没有为他剪去指甲——像有些养猫人家常做的那样。既然强大的人类都有自卫的权利,猫的一副指甲又有什么不可容忍呢。他们也没有为他去势,女儿听一位养猫行家说,去了势的猫虽然温和顺随,但只要与他的同类相遇,便要受到奚落和羞辱。他(她)们会一拥而上地嘲弄他并任意厮打他,因为他已不属于他(她)们中任何性别的一员。主人愿意让伊咪自然地活着。

当伊咪经过了慎重的观察与思考,认定这确是一家真心待他的好人,便尽心尽意地与家人配合,决心为自己树立些更优良的品格。首先,他无师自通地学会了小便时上马桶,他很为自己能学得这一本领感到自豪,常在有客人来访时一次又一次跑进厕所,跳上马桶摆正自己,微微梗着脖子,神色庄严地开始撒尿。每当清晨和晚上,卫生间利用率最高的时刻,伊咪便也不失时机地表现他的紧迫和慌张。如果家中哪一位要进卫生间,他必定在你脚下一路磕绊着跑在前边,抢先冲进去,虽然那一刻他并没有什么好排泄的。如果碰巧他被关在了卫生间之外,他便煞有介事地或在门口来回踱步,或扬起巴掌拍门,示意他的等待是有限的,他的迫切感早已胜过了里面的人。

伊咪希望全家和睦相处,反对各行其是。比如全家看电视,永远使伊咪激动。他激动着自己卧在全家人前,眯起双眼从始至终,那电视内容对他却无关紧要。他为难的是家人有时对电视节目的分歧:父亲津津有味地把住客厅的电视看足球,母亲和女儿到另一房间看电视剧。这时的伊咪先是遗憾地在两个房间奔跑一阵,最后便坐在两房之间的过厅里,以此来联络全家的感情。

幸亏明天又是个团聚的时刻,那时伊咪会无限欣慰地选择自己的位置——他常用一种极其虔诚的办法卧在全家面前。那是一种自己把自己摔倒在地,胸膛里还会发出一个"噢"的声音。他摔得忠实,摔得无所顾忌,他故意用自己的憨态,引来全家的高兴。

女儿说,也许伊咪的母亲没有来得及教会他怎样卧倒吧。

父亲说,这正是他要提起全家的注意——有我在难道你们还各行其是吗?

3

伊咪的祖父是纯种波斯猫。到了伊咪这一代,只几分波斯成分了。但他的性格里,却几乎包含了波斯猫的全部特征:聪明、胆小、敏感。

当他确认了自己是这家庭当之无愧的一员,对家中的新鲜事物总是表现出极大的好奇和兴奋。从新添置的家具到篮子里应时的蔬菜,他从不放过对它们热烈的鉴赏。当母亲坐在厨房择芹菜时,伊咪会凑上前去,伸出小巴掌拍打着菜叶,就像在说,芹菜么,我对这味道可不讨厌。女儿在一本关于养猫的书上确实看到,猫对芹菜味儿的特殊喜好,就也给他在饭里加些芹菜吃。伊咪吃着,品着。有时他也斗胆去闻葱头,立刻被呛得打起喷嚏——原来葱头不是芹菜。伊咪躲开了。

这家的钢琴是母亲的,每当母亲弹奏时,伊咪必定凝神屏气地坐在远处倾听。当他第一次听见钢琴发出的声音,居然兴奋地在沙发上奔跑了好几个来回。他感到疑惑不解,又为这奇特的音响不能自制。那么,我能使它发出声响吗?从此,他创造了一个新节目,便是趁人不备时一遍又一遍从钢琴上跑过。他那踩在琴盖上的步子细碎、匆忙却非常坚定,好像在摹仿人的手指,琴也会发出轻微的共鸣。但母亲是严禁他上琴的,为此她严厉地批评着他,他们面对面坐着。开始伊咪不动声色地听,当母亲的絮叨没完没了时,他便闭起双眼,微颦着眉头,下巴向里紧收着,那神情分明在示意母亲:除了我之外,谁还能忍受你如此的絮叨呢。在以后的日子,这姿势成了伊咪准备忍受强大不耐烦时的代表性神情。

这家的父亲是画家,有一次从山里归来,带回一只野山羊头骨的标本。这是一只矫健的公羊,两只深棕色的犄角向两边翻卷着,显得十分威武。父亲将羊头挂在客厅的墙壁上,伊咪立刻就发现了客厅的气氛不同寻常。

像所有的波斯猫一样,伊咪也是短腿,弹跳能力之差,使他没有向高处攀登的兴趣,但他能很快发现高处的一切。现在墙壁上出现了一个长犄角的家伙。他坐下来,仰起脸,端详着那于他来说十分古怪和陌生的东西,目光里有一点愕然,有一点敬畏。莫非这是家中一个新成员?我今后该如何与他相处?伊咪的仰望持续了很久,那静默的时间几乎超出了猫力所能及的程度,像等待那家伙跌下墙来,但羊头始终在墙上静穆着。之后他便将脸猛然转向父亲,在父亲和羊头之间又做了三番五次的审视研究后,才向父亲发问般地歪起脑袋:现在我知道了,这东西是你带回来的,看上去神气活现,其实呢,死的!

一架吸尘器却给伊咪带来了恐惧。无论它的外形和它的声音,都使伊咪有种世界末日来临之感。只要家人一搬出那家伙,伊咪便望风而逃。这时他选择的安全去处是前阳台,他常常跌撞着一路狂奔,奋力拽开阳台纱门将自己藏好。有一次昏头昏脑竟被纱门边缘一块破损的铁纱挂破了嘴角,致使他自造的这恐怖景象更加具有了真实感。但吸尘器到底没有敌过伊咪对它的研究,当他慢慢发现它那隆隆声音、它那红白相间的身子、它那长长的"大鼻子"以及它那沉着缓慢的移动都是为了一个目的时,伊咪不再躲藏。吸尘器在前面吼着,他便迫不及待地在它旁边打起滚来,而他选择的地方,正是吸尘器经过之后的一块"净土"。

然而一些最细小的动物,却永远使他不知所措。伊咪常常独自蹲在门厅的桂树花盆跟前,显出一脸的紧张。他盯住花盆忽而蹑手蹑脚地向前逼进,忽而又一步一步地向后退却。后来有人发现,令他退却的是从花盆里爬出来的蚂蚁。

他能面对公山羊头骨的威武,能面对吸尘器的轰鸣,却对付不了一只蚂蚁的蠕动。

4

每一年的雨季到来之前,油漆工都要来家里油漆门窗。

这天上午,两位油漆女工来了,提着淡绿色和乳黄色油漆桶。这本是伊咪睡觉的时间,但油漆工的到来使他一下提高了警惕,他一定觉得此时看守住这家,比睡觉更重要。谁知她们是干什么的?她们那斑斑点点的衣着,手里那颜色刺人的油漆桶,以及桶内那放射性的气味,都超出了一般客人的轨迹。于是当来人开始了她们的涂抹时,伊咪也就开始了对这家的监护。一个房间被涂抹完了,他便紧随她们走向另一个房间。他选准合适的位置坐定,一丝不苟地注视着来人的行为,这使得主人反倒不好意思起来,好像伊咪的出现是应了主人的派遣。女工们却很开心,因了一只猫对她们的陪伴,并如此关心她们手下这枯燥的劳作。她们笑着,笑伊咪对眼前事情的专注,笑他强撑着一双困倦的眼皮却仍不肯离去。直到近中午女工终于告辞,伊咪才松懈了全身迈上床去,倒头大睡起来。

对待电话,伊咪一向持积极态度。每逢电话铃响,他总是第一个朝铃声奔去,然后再焦急地去找主人。他一路蹭着主人的腿,朝主人高高仰起头,像是对你说:为什么不能快一点,电话可是响了半天的。有一次来了个修电话的师傅,那师傅因试验电话的打铃系统,使铃声响了好久。这下可急坏了伊咪,他在电话桌前团团转着,疑惑万分:为什么谁都不来接电话?这么说,非我不可了。于是他勇猛地跳上桌面,向话筒伸出了手。修电话的师傅很为伊咪的壮举所打动,对父亲说:"这猫可挺忙,就差拿起话筒开口了:'喂,请问您找谁呀?'"

女儿的妹妹在几年前去了国外,临走前她和伊咪之间发生了一点不愉快:就在她离家的那天早晨,伊咪不知为什么毫不客气地冲着妹妹的后腰撒了一泡尿,妹妹正穿着行前的新衣服。而头天晚上,妹妹和姐姐还不辞辛劳地从附近一个工地上,为伊咪抬回一麻袋沙子——那是伊咪的便盆中所不可少的铺垫。伊咪辜负了妹妹的一片心意,致使妹妹每次从国外来电话,总不免诅咒一阵伊咪。但伊咪对那电话却听得津津有味,好像妹妹的电话是专为了想念伊咪才打来的,每次他必定从头听到尾。即使那电话在深夜打来,伊咪也会睡眼惺忪地爬起来,和家人一起聆听这大洋彼岸的声音。

这家的女儿是作家,那年在写作一部长篇小说。夜深人静,才是她思维敏捷的时刻。在温存的灯光下,女儿手里的笔在纸上轻轻划动着,那细微的声音明晰可辨。她常在这样的时刻生出感恩的情怀,感激上苍拉开这道帐幕,放她走进这样一种生活。她常想,在纸与笔之间从来就没有什么孤单和寂寞。纸与笔的结合产生了许多的故事,有些故事使她欣喜,有些故事也会把她弄得悲痛。这时她就放下笔,让笔歇息,让自己尽情欣喜或悲痛。

一次,伊咪走了进来,适逢女儿在流泪。他先站在她背后沉思片刻。然后轻轻跃上她的书桌,在她眼前的稿纸正中坐定。他探询地端详她,往日那淡蓝色眼睛在这深夜的灯下变作灿烂的金红,而他那通身的长毛逆着台灯的光亮,分外夺目。他望着女儿,似乎在说:既然这是一件让你如此伤心的事,那么就不要再做了。女儿受了伊咪的感动,抱起他离开了桌子。

第二天女儿的钢笔不见了。全家人齐心协力搜遍了犄角旮旯,最后母亲突然想起了伊咪,说该不是伊咪的事吧?女儿叫来伊咪,对他说了很多话,央求他不要开这种玩笑。起初伊咪不以为然地在女儿房间踱步,企图用这不以为然来洗白自己与此事无关。女儿十分沮丧,便呆坐在椅子上不知如何是好。而踱步的伊咪这时却忐忑不安起来,他万没料到,他的一番好意会给主人带来这么大麻烦,他记起了昨天晚上的事。他想,钢笔的事情是我干的,可是假如没有这支能写字的笔,你又怎么会掉泪呢?谁知笔没了,你却沉闷起来。人类终归是捉摸不定的,也许他们情愿握住一支笔去掉泪吧,掉泪总比就这么沉闷下去好吧。那么,还是还给她为好。于是伊咪就在女儿和一个衣柜之间跑了几个来回。这几个来回终于引起了女儿的注意,她向衣柜底下望去:呵,钢笔。

钢笔正安静地躺在衣柜下边的暗处。

女儿是多么感激伊咪,她坚信动物和人的相通并非玄虚。她感激着伊咪,把他抱起来,而伊咪却急急地挣脱了她,慌慌张张地躲到一个不为人知的地方去了。若真是朋友,感谢便是多余。

5

这家的院墙以外是一片农民的菜地。夏日的黄昏时分,站在后阳台向外望去,空气里满是泥土的馨香。如今城市一天天吞食着乡村,这菜地的四周已围满新起的居民楼。但菜地仍然固执地坚守着自己,任你高楼的俯视。暮色苍茫中,你仍能看见菜农们忙碌的身影。一些半大男孩正坐在空中楼阁般的小窝棚内玩耍嬉戏,快乐的欢笑声不时从那里飘来。也有结伴的男孩,跃出窝棚穿过菜地,爬上这城市居民的院墙,在墙头上一字排开,倾诉他们内心的秘密。也许这倾诉不再是对这片土地的眷恋,而是对一种全新生活的憧憬。

伊咪喜欢在这样的时刻跃上后阳台,静静地凝望院墙上那一排男孩。他坐得沉稳,望得专注,听得仔细。当夜色渐渐模糊了那些孩子,只剩下风儿送来的一些稚嫩声音,声音仍能唤起伊咪对他们的留恋。仿佛他们的秘密也就是伊咪的秘密,正因了这共同的秘密,他们就要来邀请他了。但他们谁也没有注意他的存在,看来他就是再望上他们一百年,他们也不会注意到他吧,伊咪对外界的过分关注,倒使得家人把伊咪想成是在"作风"上的不安分了。

家人决定为伊咪请女伴。女伴来了,母亲总是挑剔一阵,说这个像小市民,那一个则"二百五"。而伊咪向来是以他那温和的习性对待她们,有时温和得近似窝囊。有一次,一只女猫在与伊咪过了一夜之后,不仅独吞了他的全部饭食,临走还扬手给了他一个耳光。伊咪默默地看着她,像是说:这没什么,我知道你经常吃不饱,我看见一星期你的主人也不过用张脏报纸给你托回两个干鱼头。我盆里有梭鱼,有猪肝,有白米饭。至于你为什么要扬手给我一个耳光,那是你自己的事。猫么,也是百猫百性百脾气。再说既然咱俩过了一夜,我就没个差错?后来听说那女猫跳楼自杀了,从五楼上跳下来,还怀着伊咪的孩子。她的主人说这猫嫉妒心极强,嫉妒一切比她条件优越的猫。

伊咪始终不知道这件事。他也没必要知道吧,对那女伴,他已做到了仁至义尽。当她抢夺他的饭时,他是那么主动地闪在一旁,甚至还把饭盆给她向前推推。

6

伊咪健康而酷爱清洁,如同得了洁癖。假如卫生间的地板上被家人不慎洒了水,而伊咪正巧要从这地方经过,那么他便开始夸张他的为难。他皱起眉头,犹豫地抬起一只前爪试探,又谨慎地将爪子收回。他用这姿态给主人难堪:这真是一块无从下脚的地方啊,看来我只有踮着脚尖绕过去。他踮着脚尖绕过有水的地方,便拼命抖着沾在脚上的水珠,再把自己很是整理一番:舔手舔脚,舔他那未曾沾过水的全身,直到他认为过得去为止。

只有一次他在家人面前出了丑。一个下雨的晚上,或许他在阳台上着了凉,肠胃有了异常感,便慌张着跑回来找他的便盆。不幸的是他没能按照以往的排泄习惯如愿,他有生以来第一次把大便拉在了便盆之外。那确是一个狼狈的时刻,当女儿最先闻见气味不对时,伊咪正企图从盆里掏出些沙子埋住他那份难堪。猫有掩盖自己排泄物的天性,有教养的猫就更在意。

也许在伊咪的一生中,他把这件事看作最使他丢脸的事吧,因为那一刻在他的脸上是家人从未见过的惊恐和羞愧。他的神情里有某种凄然的绝望,他决心向主人解释清楚这一切,于是便开始了他那绝无仅有的一次诉说。他的眼睛盯住全家人,一连串的"啊呜"声从喉咙里发出来,时而低沉,时而急促。那长达几分钟的诉说使家人终于明白了他的内心,那实在是一份震慑人心的明白,一份掺杂着恐怖的明白。全家人蹲下来温和地小声叫着伊咪,告诉他,他决不会因此受到惩罚和歧视,因为他们相信这是一件谁都无法料到的事。终于,伊咪安静下来,在休息了一夜之后,他的肠胃恢复了正常。早晨,他又特意表演了通常那排泄和掩埋的技术。

据说动物的语言系统是一套复杂而又完备的系统,从昆虫的鸣叫到野狼的长嗥,这其中永远有着人类所不可知的秘密。当一只猫突然决定用语言与人交流时,好像是动物给了人走进生命中一个新领域的机会。

一位著名电影摄影师告诉这家的女儿,若干年前,知识分子正实行"三同"的时候,他和他的同事在乡下住过几年。一天深夜,他们路过村口一座荒芜的破庙,听见院子里有一种奇怪的声音。他们胆怯着推开虚掩的庙门,原来在洒满月光的院子里,是猫们在开会。在一大片席地而坐的猫们前面,一只苍老的狸猫正发表演说,他声音苍凉而喑哑,还配以果断的手势,令那场面极为肃穆、神秘,好像是一次非同小可的动员会或者誓师会。是人的到来打断了这会议,老狸猫一声短促的吼叫,猫群四散开去,只剩下一院子月光。这位摄影师说,猫的会议使他终生难忘,他还常常为无意中搅散了猫的会议而内疚。

人类的确在无意中就伤害了动物,虽然人类正逐渐地努力,以自己对动物愈加周到的爱心来不断印证人的文明。女儿因为观察那晚伊咪的异常,读了一本名叫《猫的饲养与猫病的防治》的小书。这书的前半部讲的尽是如何养猫爱猫,甚至连给猫洗澡时勿忘在猫耳里塞上棉球都特意提醒了读者。待到书的后半部,作者却将笔锋一转,大谈起人应该怎样养猫和怎样杀猫和怎样剥猫皮。

这便是人类对动物永远的随意吧。有时人好像是某种动物的奴仆,那终归是一种假象。

7

假如人能够公正、客观地看待与他们相处的动物,就不会有意隐藏这动物的缺点。

实际上,当年熟人把伊咪送来不久,全家人就发现了伊咪的缺点。伊咪是那样在意自己的大小便,但有时却会突然失去控制地随便撒尿。还是那本怎样杀猫的书上讲,从猫的生理特征分析,男猫一向比女猫对自己的生存环境有更强烈的占有欲,为了确认这种占有,他们常爱将尿撒在他们的所到之处,好比古代边塞盛行的"跑马占地"。当那些地方充满了他们自己的气味,他们才会安然地生活其间。这说法或许十分在行,然而伊咪那令人头疼的"跑马占地"却是无穷无尽地发展起来:墙根、桌腿、报纸、纱窗、冰箱、洗衣机……毫不在乎。只待尿出之后,伊咪才恍然大悟地再跑进卫生间,跃上马桶重作第二次排泄,就像有意告知人们:随地便溺,我可不是故意的啊,那不过是一时糊涂。你们看我这不是到厕所来了么?他的这套行为逻辑叫人觉得他特别糊涂又特别清楚,叫人哭笑不得。可尿毕竟是充满着尿味儿的,主人要跟在他身后迅速清除这"劣迹"。

于是在日常的采买中便多了一项内容:购买除臭剂。为买除臭剂,女儿曾经多次领受过售货员的白眼。当她站在柜台跟前指名叫售货员拿给她除臭剂时,售货员多半会用鄙夷的神色反问:"什么?"她要听的是女儿的重复,以这重复使女儿无地自容:你这么衣冠楚楚,可为什么要买这种东西?好像这专治不洁的东西倒成为真正的不洁了。你说着这不洁,便是你的不洁。大人凡有一点市场经验,就会有这种体验:所有的产品原都是为着出售而制造,可你在购买那产品时,却又被出售产品的人百般鄙视。也许这不能算作售货者的"以貌取人",而是"以货取人"吧。女儿终于习惯了这"以货取人"的遭遇,再进商店,她会有意大声地告诉售货员:"喂,我买除臭剂!"一种迫不得已的锻炼吧。

可是伊咪却不顾女儿的忘情忘我精神,竟发展到在女儿的小说稿上撒尿了,这是女儿所不能容忍的。为此她真痛打过他,并假意要把他扔掉。那时伊咪在她怀里和她撕扯着嚎叫,结果还是被她抛至墙头。墙下许多人都关心起伊咪的命运,在众人的众说纷纭中,伊咪决心当众做一次忏悔。他匍匐在墙头,拿眼的余光扫着众人,喉咙里发着"咕咕"的声音,有人说那是他在哭。于是为他讲着好话的人越来越多。

听着众人的劝解,女儿终于向伊咪张开了两臂。家人把这次的事称作"墙头事件"。

但墙头事件之后,伊咪并没有痛改前非,那难以控制的排泄习惯却愈演愈烈。原来猫尿对金属是有着一种不可忽视的腐蚀力的,这家的许多金属器具大都不同程度地遭到了伊咪的摧残。洗衣机的半侧已锈斑累累,一条腿即将断裂;冰箱一侧也濒临斑驳;台历座、闹钟已出现坑洼;母亲花镜的金属框架上,隐约可见绿锈斑点……

一个本无风浪的家庭,因此便出现了不平静,伊咪的去留开始成为这家每日的争论内容。父亲坚持要扔掉伊咪,母亲和女儿则永远站在一边,替伊咪说着好话,举出伊咪的种种优点企图说服父亲。

父亲说可事实上他已经妨碍了人的正常生活。人又怎么样?人犯了罪还要送走劳教劳改呢。

女儿说伊咪又不是罪犯,他不过是一个难以控制自己的病人。

父亲说正因为他得了不治之症,才没有必要再养。

女儿说正因为他是不治之症才不能将他推出家门。

气氛日趋紧张,伊咪对这气氛非常敏感。那时他多半会坐在一个黑影里发愣,悲观得要命。有一回母亲在无理可辩时,竟责怪起父亲,说,一切的一切,都是因为起初父亲发现了伊咪的好看。父亲说好吧好吧,既然我是罪魁,那么一切就由我处理好了。说着他就开始寻找伊咪。

也许伊咪明白了这"处理"意味着什么,他不见了。

所有的房间,所有的阳台,所有的旮旯,都没有伊咪。全家人找完家里又找完院里,楼道内,小花园,每一丛灌木,每一个黑影,都没有伊咪。连父亲也着慌了。

午夜时分,他们疲惫不堪地回到家里,只是坐在客厅发愣。

就在这时,客厅那厚厚的窗帘背后,发出了一个轻轻的声音:"喵——"女儿跑过去掀开窗帘一角,伊咪就端坐在窗台角落里。

伊咪是在对这一家人进行考验吧,为了进行一次真正的考验,他必得进行一次真正的模拟失踪。

8

伊咪的模拟失踪,竟然使父亲做出了暂时的让步,从此不再有人提起伊咪的离家。全家人同心协力,配合默契,顽强地开始了对伊咪的教育。

曾经有兽医告诉母亲,伊咪的毛病属神经性的失控,可能与幼年的生活有关,照理说这样的猫的确不能再养。可是这一家人更相信"诚则灵",更相信奇迹能在伊咪身上发生。

不计其数的说教,不计其数的痛打,不计其数的好转,不计其数的反复。伊咪每次那心甘情愿全身伏在地上挨打的神情,也证明着他本人的决心。

想必是上苍有眼,奇迹终于发生了:经过一年多的努力,伊咪走出了深渊,他拯救了自己,或许付出了比人类更为艰难的控制力。从此他可以无所顾忌地面对世界了,他的崭新形象,是对主人最好的报答。

一切一切都证明了,伊咪的小便失控,确系幼年时受过惊吓所致。原来在伊咪还未满月时,因为他不知到哪里去尿曾把尿撒在被子上,为此遭到过熟人的痛打,而后这熟人却不懂得给伊咪设便盆。于是在撒尿的问题上,人使猫不知所措了。

9

最终决定把伊咪送人是四年以后的事。这一年,女儿要出远门,父亲和母亲因为工作的缘故,也常不在家。于是全家开始平心静气地商量应该如何面对现实。他们仔细为伊咪选择着新的环境,最后决定还是让他回到从前的熟人那里,回到那个他曾经生活过的地方。

看来别无选择了,因为养猫的人都知道,一只将近六岁的猫是难以更换主人的。而那位熟人,毕竟和伊咪有过最初的感情。母亲去找熟人商量,熟人说,送回来吧,从前我是对他缺乏耐心,可我知道,那可真是只好猫,仁义,不刁。我就喜欢他那股憨实劲儿。

初夏的一个傍晚,伊咪走了。带着他的饭锅饭盆和水碗,带着他的褥子和枕头。父亲承担了送走伊咪的任务,仿佛他还记得从前母亲对他的"埋怨",说是他最初引来了伊咪。那么,这迎来和送往当由他一个人完成吧。父亲为伊咪准备了一只旅行袋,母亲和女儿不由想起有一次把伊咪装进旅行袋的事。

那年暑期,全家外出度假,把伊咪暂时寄养在母亲的同事家。当母亲企图把伊咪装进旅行袋送走时,伊咪宁死不屈地撒起泼来,并踢翻了他的饭盆以示抗议。数天之后,家人度假归来,母亲接回了伊咪。那位同事告诉母亲,伊咪在她家一连几天不吃不喝,而且拒绝同前来找他的女猫们亲近。他的到来,几乎招来了同事家附近所有的女猫,然而他孤傲地望着她们,就像在说,你们以为我的不吃不喝仅仅是缺少了你们么?你们这些女人啊,怎么可能理解一个真正男子汉的心呢?

此刻,一只旅行袋又摆在了伊咪眼前,母亲和女儿已做好他大闹一场的准备。出人意料的是,伊咪一声不吭地走进了那袋子。他的神情是沉静的,他的步态也很坚定,他就仿佛用这沉静和坚定来告慰家人他已成年,他能够以成年的样子来分担家人的心事,他能够承受在他生命旅途中一个全然陌生的内容。

泪水模糊了女儿的眼睛,她多么希望他哭出来,如同人们常常劝慰那些被哀伤惊呆了的人:你哭一哭吧,哭一哭就好了。

父亲回来说,伊咪安静了一路。

10

母亲和女儿伺机寻找去熟人家看望伊咪的理由。第一次她们想起伊咪没有带走他的便盆,于是她们就带着伊咪的便盆来到熟人家。

伊咪又过起了幼儿的生活,他被熟人绑在沙发角落的暖气管上,几乎动弹不得,当熟人因这家母女的到来把他松开让他们亲近时,伊咪狂奔过来,蹭着她们的腿,不停地在地板中间打滚儿。他的娇态使熟人的妻子大为惊讶,她原是不爱猫的,当初熟人送走伊咪就是因了她的出现。现在连她也说没想到这猫是这么好玩,她怀中一个一岁的孩子也咯咯笑着看伊咪的表演。

那时女儿多么感激这尚不会讲话的孩子,她暗想着,就因了这孩子喜欢伊咪,熟人夫妻定会好好地待伊咪吧。难道她们不该为孩子买一件漂亮的小衣服带去么?于是母亲便有了第二次看望伊咪的理由。

她们带着一件小衣服和一饭盒煮梭鱼又一次来到熟人家。伊咪已经移至屋外了。他脖子上拴着一段粗电线,正蹲在刚刚下过雨的脏墙角。他满身黑灰,连身子底下的褥子也变成了一个泥饼。女儿叫着他的名字,他却漠然地看着她。女儿给他解着绳子,试想着绳子松开后,他一定又会跑来同女儿亲热相处。谁知绳子解开了,伊咪仍是原地不动。他不屑地扫视了一下女儿,索性紧闭起双眼。女儿发现他面前那只空饭碗,才想起把带来的煮鱼拿出来。

当女儿刚刚把煮鱼倒进饭盆,伊咪睁开了眼睛——显然他那灵敏的嗅觉又苏醒了。他一个箭步蹿到饭盆跟前,拱开女儿的手,把嘴扎进饭盆,刹那间鱼被吃了个精光,然后又溜之大吉了。当女儿试图再唤他回来时,他早已躲进一个黑夹道,只露出两只金红的眼。

民以食为天。女儿想起了这句话。猫更如此吧,但当人和猫只为着眼前的食才活着时,还能讲什么恩怨吗?昨天,昨天在哪里?昨天你曾为我煮鱼、切猪肝,有时还在饭里为我加芹菜和味精,女猫们吃我的饭,我还来个温良恭俭让。难道真有过这等事吗？反正现在我眼前只是这个四壁如洗的空饭碗。

女儿试图劝熟人按时喂伊咪吃饭，熟人的妻子说："谁有工夫呀。"女儿又劝熟人不如把伊咪放了生，让他到自由的天地里去自觅生路。熟人说："丢了怎么办，这么憨的猫。"

于是女儿发现，人和人之间原本是最难展开一个共同话题的，那话题越是细小、琐碎，那展开就越是艰难，就像你本无法去劝那位写"猫书"的人不要把养猫和杀猫写在一本书里。在动物面前，人是多么看重自身的权利。在动物面前，人也确有无限的权利。

母亲和女儿从熟人家出来，共同想起了中国一句俗说：事不过三。她们决定永远不再看望伊咪。再去看望就变成了对人的说三道四，说三道四，不就是无故干涉别人家内政么？

然而这家人却永远记住了和伊咪的相处，永远记住了他们之间的一切欢悦和烦恼。他们的相处使人类那愈来愈粗糙的灵魂变得细腻了，动物有时的确比人更像人。

岁月或许使伊咪真的已经忘记爱过他的人们，但这并不重要，重要的是人们曾经爱过他。一首歌不是唱过"爱是无私的奉献"吗？

没有告别，怎会有永远的纪念？

没有纪念，人类的情感便空旷了大半。

1990年5月10日—12日

温暖孤独旅程

心灵的黑白故事
我看父亲的画
擀面杖的故事
您的微笑使我年轻
温暖孤独旅程
套袖

心灵的黑白故事

——远看卜维勤先生和他的版画

己巳年春节,我写了一篇名叫《云晴龙去远》的散文,文中称道了一张该年的贺年卡,表述了这卡上的蛇那出其不意的造型带给我的喜悦。但我尚不知这卡的设计者是谁。

两年之后,春天的一个早晨,有位先生给我打来电话,说他们全家都喜欢我那篇谈"蛇卡"的文章,说那"蛇卡"的设计者便是他的女儿卜桦。还说他现在因事来到了我们这座城市,很希望和我见面。

打电话的先生便是卜维勤。确切地说,是卜桦的"蛇卡"和我称道卜桦的文章,使我和卜维勤先生有了初次的交流。

第二天卜维勤来到我家。卜先生是位动作敏捷的高个子先生,椭圆脸,戴一副模糊了眼睛的眼镜,这使他的脸上常常浮现出一种对四周事物视而不见的表情,然而四周的一切又实在没能逃过他的眼。他进得门来直呼着我的小名,不需人让,自如地这里坐坐,那里坐坐,高声地评价着我家的布局,用了许多"质朴""优雅"之类的形容词,同时不经心似的也谈着我的一些小说和他的创作。他行动和语言频率之快是远远超过了常人的,他这种让人措手不及的非凡热情和"拿着自己不当外人"的自信自如"风范",令人既感到陌生又感到无法将他看做生人。很快我的思路便随着他那带有鼓动性的情绪和言语而驰骋了。这时我已知道他是版画家,中央工艺美院教授,年龄已近六十。

这一代人实属我们的父辈了,有人称中国的他们是备受时代折磨的一代。这或许是指他们生自我们民族最黑暗的年代,童年和少年又不断历经国家的战乱和动荡。当他们衷心欢呼新中国带给了他们美好的生活和希望,并开始为一个新的时代而献身的,十年"文革"又开始了。但我仍然要说,卜先生在这一代人中毕竟有常人所不及的幸运之处。他的第一个幸运是在东北家乡参军不久,竟又有机会考上哈尔滨外语学院。他说学外语是靠了一位好心首长的激励,因为当时他还没有彻底弄明白学外语对他后来的一切有着怎样重要的关系、一心只留恋部队那个单纯、愉快的集体时,那首长却给了他一个耳光,一边骂着他"没出息",一边把他"赶"出了部队。卜先生告诉我说他一辈子都感激那个耳光,一辈子都想念那位首长。他的第二个幸运是外语学院毕业后便被分配到北京中央对外文委那个人人向往的地方,成了一名年轻的俄语翻译。在这个位置上他接触了代表着那个时代智慧最高层次的来华访问的作家、艺术家:爱伦堡、聂鲁达、乌兰诺娃、麦绥莱勒、李特维年柯、施马里诺夫、维拉·萨波……年轻的卜维勤都曾与他们在中国境内一同旅行并倾听他们谈论艺术和人生。这在当时尚嫌闭塞的中国,是一般人可望而不可及的,卜维勤因此在中国艺术界也小有了名气。邵宇先生有篇文字曾言及一件趣事,说在一次美术展览会上,几位画界前辈见卜维勤进了展厅,便急忙站起来迎上前去,以为又是哪位外国艺术家来了,结果来看画的只是卜维勤自己。大家笑起来。我的一位画家邻居对我说:"卜维勤,那是和马克西莫夫一起出现在中央美院的呀。"苏联油画家马克西莫夫在华期间,卜先生便是马克西莫夫的翻译。

在我们的社会里,的确生活着一些因认识名人而出了名的人,这种熟识名人的"名人",在某种意义上或许可以比名人本身生活得更加惬意。以凡俗的眼光看当年的卜维勤,他已属于这种"更惬意"的人。在他的现实里已是鲜花、美酒、宴会、旅行、与国家领导人的见面合影,当然还有不可少的漂亮女孩子作着的点缀。我曾经见过一张周恩来五十年代在北京饭店与一群外国青年演员的合影,那时的卜维勤作为这个演出团体的中方领队站在其中,他身穿笔挺的中山服,留着比当时的青年更具时尚的发式,春风满面地在总理身旁笑着。宾主面前虽然只是一张铺了白台布的圆桌,桌上虽然只有两包中华烟,一瓶红葡萄酒,还有几瓶早不为今日青年所光顾的汽水,但这一切又意味着这氛围、场合的非同小可。以此为起点,卜维勤也许能由翻译和领队之路一跃成为年轻外交官的,然而卜维勤却出人意料地走出了眼前的热闹、眼前的五彩缤纷,闯进了一个寂寥的黑白世界。是什么使他一意孤行地放弃了优越于常人的前程,却转向版画艺术这前景未卜的旅途呢?显然,是艺术本身。是艺术本身使这个年轻翻译不能平静了,更确切地说,是卜维勤对艺术敏感的过人资质,令他自己不能平静了。而这一切又实在和卜维勤陪同的那些艺术大师分不开。

卜先生曾经反复对我说,他最终走上版画之路是受国际著名版画大师麦绥莱勒的直接影响。麦绥莱勒访华时,也是卜维勤全程陪同。这位如蒙克、柯勒惠支一样影响着世界版画进程的艺术家,鲁迅曾经为他的画集作序,茨威格和罗曼·罗兰公开宣称麦绥莱勒的世界给他们的创作带来不可言喻的巨大震撼。如今这个比利时老头就真切地走在卜维勤身边,卜维勤像是为艺术屈服了,为麦绥莱勒屈服了。倘若有一位大师可以改变一个青年的命运,成功却全靠了这青年自己。卜维勤做了不留后路的选择,这不留后路之举好像还为他后半生在艺术上执著的追求免却了左顾右盼。从此卜维勤开始面对一个单纯到只有黑白、然而又包罗着人间万象的艺术世界,他的喜怒哀乐也便同他眼前那一世界黑白联系在一起了。如果人对生活免却了左顾右盼也是一大幸运,那么卜维勤的第三个幸运当是和麦绥莱勒的相遇了。

不久卜先生再次来到我家,这次还带来不少他的版画作品请我同他一起欣赏。那是一个晚上,因为太晚了,致使卜先生的到来有点像突然的闯入。他进门先要求一杯白开水服药——一种稳定心律的药吧,这时我才得知卜先生心脏不太好。但接下来的景象又令我觉出他那服药的无用,因为他明显地又开始为他的艺术和我们的见面激动起来,并以一种独特的方式请我读画。他说:"你一定要先闭上眼睛,我让你睁眼你再睁,你会为眼前发生的事情所惊奇。"

我依照了卜先生的吩咐,恍若回到儿时。儿时当父母送我礼物又要我感到意外时，便是采取这种方式的。我闭着眼，只听卜先生把他的作品弄得窸窸窣窣。然后我又在他的命令中睁开眼，眼前已是卜先生的版画世界了：几棵硕大繁茂的树，一片安谧的水，和雨丝交织在一起的片片屋顶……我重复了无数次的睁眼与闭眼，睁眼时领略着卜先生的艺术，闭眼后又受着他的感动：他这份对待艺术的痴迷，他这份坦诚的自我肯定，他这份缺乏世故的率真，都使人体味到与孩童交往时内心的轻松与明净。谁能在六十岁还能找到孩子般的心境，谁便仍然拥有着打不倒的活力与青春。同样，艺术、艺术家和观众的交流不也是靠了这份无世故的率真么？我庆幸我和卜维勤能够进行艺术和观众的交流，卜先生到底把他的黑白世界留给了我，把单纯和率真留给了我。

将近深夜已然告辞的卜先生又从住所打来电话，说他认为他的一张版画若挂在我家一定非常出色，他并且详细向我描述了应该挂在哪个房间的哪面墙上，应该配以何种材料和形式的镜框。末了他才想起打电话原是要告诉我，他的那瓶抑制心律不齐的药丢在我家了，说明天再来取。

第二天卜先生没有来取他的药瓶。看来他是可以心不在焉地敷衍他的心脏的，而对待他的艺术却连镜框问题都想得细致入微。

我开始独自欣赏卜先生的作品，欣赏他对大自然充满激情而又精细、耐心的经营。卜先生的作品大多是以风景为题材，在风景里，卜先生又特别热衷于表现各种各样的树：春天枝条柔韧的树，夏天茂盛而又热烈的树，秋天满腹沧桑的树，冬天披挂着晶莹白雪、灿烂了天空和人间窗户的树……树的欢悦,树的沉重,树的生机,树的喋喋不休的热闹和树那明媚的静寂,卜先生用刻刀把它们营造得远远超过了树的本身。还有雨,在卜先生的刀下,雨丝和雨脚变成了和人生的相互交织。《雨》仿佛一张绚丽、活泼的网,笼罩着一片屋顶。欣赏时如果多些耐心,便会愈加理解卜先生的匠心。那粗中有细的刀法和"木味儿",已不再是"木味儿"和刀法,那实在是对雨中小城的丰富,是对人生的丰富。于是《雨》带着咄咄逼人的一派生机和人生一起响亮起来。《澹泊》则是画家面对眼花缭乱的世界,为观众创造出的充满透明感的内在而又严谨的秩序。他一边对自然做着微妙之至的表现,却又不忘把握黑白艺术的整体处理。那神秘而又热烈的黑和纯净而又奔放的白,激荡着画家丰满多姿的人生想象,又控制着画家弩张不发的意识,这意识便是为观众留下的余地。有句话叫做"别具匠心","匠心"大约是在寂寞着的内心氛围中产生的,而寂寞又是一切成功的艺术家所勇敢独具的,我以为卜维勤先生是不愧为这种艺术家的。

冬天的时候我去了卜先生家做客,这是北京一幢灰色高层建筑。我见到了他工作的地方,那是不足八平方米的用玻璃封住的前阳台,工作台是他夫人的缝纫机。大的画面当缝纫机支撑不起时,木板在两边的窗台一搭,激情和梦想也会油然而生。这次的访问还使我了解到林风眠先生对他的影响。从形式上看林风眠的艺术和卜维勤的艺术虽有着差别,但艺术上那种内在秩序,那种把一切人间热闹化作艺术的寂寥的气质,显然是有密切联系的。

站在卜先生那小小的阳台上,我忽然想起盛行于九十年代的一种艺术形式——民歌大连唱。连唱的编写者为使一些观众在有限时间内听完无数支歌,就把每支歌择出两三句,再作些有机无机的处理硬是编在一起给人听。这编写者也许是为着迎合当今一些听众的浮躁心理吧。而卜维勤们的价值就在于身处不愿听尽一首完整歌曲的时代,却能够俯下身来,成千上万刀地悉心雕琢着他那满树的叶子。他不忍心敷衍每一片树叶,正好比他不忍心敷衍整个时代和人生。他决不排斥时代的喧哗,但他更知道怎样寻找自己的灵魂与时代的真正契合。而他手下那些金黄色木屑的飞溅,那些藏于黑白之间冷静的笔触的推敲,才是他真正的欢乐。

这世界能够产生过时的理论,但怎会有过时的冷静和过时的热烈呢。

1993 年

我看父亲的画

我是父亲的孩子,从小就看父亲作画。

在中国,拥有自己画室的画家是不多的,在从前的许多年里,父亲的画架常常随意支在家中的某个角落。我在油画颜料清苦的气味中看父亲怎样把空白的画布铺满颜色,当父亲擦笔的废纸撒满地板如一地怪异的花时,我就知道他又完成了一张新作。在文化萧条的时代,父亲的油画大都背朝外地靠在墙角,而水粉、水彩则被平铺在褥子底下。至今我还记得,当友人前来看画时,母亲是怎样协助父亲掀开厚厚的褥子,再由父亲小心翼翼地抽出他的一叠叠小画和大画。那时父亲的一双大手托着他的作品,脸上满是宁静的疼爱之情。或许正是父亲的这种表情最初启迪了我的心智,当我对绘画一无所知时,就忽然明白了艺术的魅力。

我想,假若一个人找到了他面对世界的表达方式,便不会轻易舍弃,因为这种表达本身即是他生命形式的一部分。父亲无疑将绘画视为他生命的一部分,他的每一个画面,又好比由他的生命派生出的许多永恒的瞬间。

父亲的画,就因此弥漫着一种可以触摸的激情。即使面对着他的静物,我也会生出快乐的不安。于是我想,什么是静物呢？照字面的解释,静物就是安静的东西。但是山川树木不也安静着么,它们进入画家的视野,可被称作风景,静物实际也是风景的一种啊。在画家的笔下,一只花瓶的呼吸与一条河流的沉默原本无须界定,它们都是有形的生命。还有人,人在父亲的笔下不也是静穆着的自然么。作为观众的我,才会在雨后的村边读出许多北方的故事;才会在被薄雾打湿的无名花瓣上感应到世界的庄重和俏皮;才会在娇艳欲滴的红土堆上发现令人惊惧的美丽;才会在蓬勃茁壮的人体上领受到自然的恩赐;才会在黑的山白的树身上悟出喜悦人生的明媚。

今年五月,当父亲在中国美术馆举办他的个人画展时,像过去的每次画展一样,许多新画被堂皇地排列起来,但父亲依旧不忘他的老画。他把它们一张张托出来,老画们好像还带着棉花的气味和人的体温,父亲已有了白发。有些老画虽小,可它们并不羞惭,因为父亲几十年的劳作人生和他的梦想,仿佛都被挤压在那些画面之上了,它们永远有资格和父亲的新画一同面对观众。面对从前这些被棉花和人体焐过的画,我很想放声大哭。父亲这一代人,经历了战乱、饥荒和文化的浩劫,经历了那么多悲凉和孤寂的时光,是什么使他挽留住了直面人生的一片童贞？在父亲的画里,最少有的便是世故。他固守着自己的灵魂所感知的世界,他又用颜色和笔触为观众创造出充满动感的新奇,使我每每温习生命的韧性和光彩。假如人生犹如一幅幅风景,父亲的风景线上,处处是烂漫的真情。

并不是每一位人过中年的艺术家都能挽留住这一份烂漫的

童贞,这童贞的冶炼,就始于艺术家在他的作品被压在褥子底下几十年之后,对日子依然的不倦。

我是父亲的孩子,从此更加渴望理解父亲的风景。当我到了父亲的年龄,在我的风景线上,能够挽留住什么呢?

1994年

擀面杖的故事

当我成为人们所说的作家之后,虽然写作是我最重要的一部分生活,却不是我生活的全部。写作之外,我还必须承担我所应承担的一切,像所有普通居家过日子的人一样,采买,洗衣,做饭,打扫卫生,浏览时装,定期交纳水电费煤气费有线电视费以及各种费,关注物价以利于在自由市场和商贩讨价还价……写作之外,也有一些非我必须承担的,可我乐于参与其间。比如以外行的耳朵欣赏音乐;比如看画(好画家的原作和印刷品);比如看电影——一九九五年在美国期间,因为喜欢汤姆·汉克斯(《阿甘正传》主演),就花几天时间看了他的全部电影。再比如,悉心揣摸我父亲的某些收藏品,有时也同他一道去"搜罗"它们。

我父亲作为一个长于西画的画家,特别喜爱中国民间的"俗物"。许多年来,他收集油灯(从汉代直至当今),火镰,织布梭,粗瓷大碗大盘,铁匠打制的各式老笨锁,硬木工匠手下的全套凿、雕工具,农人腰间的鱼形小刀(简称鱼刀),牲口脖子上的木"扣襻"……大到碾盘、饸饹床子,小到石头捣蒜臼和火柴棍儿长短的藏针筒儿,他还搜集擀面杖。他搜集的擀面杖,多半来自乡间农户,木质、长短和粗细各有不同,他对它们没有特别的要求,他的原则是有意思就行。当他有机会去农村的时候,他喜欢串门。那时主人多半是好客的,他们通常会大着嗓门邀他进屋。他进了屋,便在灶台、水缸、案板之间东看西看起来。遇有喜欢的,或直接买到手,或买根新的来以新换旧。如若主人既不要钱又不愿意给他擀面杖,我父亲便死磨活说地动员人家,并许以高出原价几倍乃至十几倍的钱。有一次他为了"磨"出一根他看上的擀面杖,在一个村子耽搁了大半天。而他进村的时候,不过是想画些钢笔速写。这样,画速写用去二十分钟,"求"擀面杖却花了五个小时。为了达到目的他能忍住饥饿忍住焦渴。他的顽强以至于惊动了那村的全体村干部。而看热闹的村人越发以为那家的擀面杖总是个稀有的宝贝,便撺掇着主人将价格越抬越高。最后还是村干部从中说合,我父亲以近二百元人民币的价格将擀面杖买下。我没有问过父亲这值不值,我知道"喜欢"这两个字的价值有多高。还有一次,父亲从山里回来,拿出一根两尺来长的黑色擀面杖给我看,说是铁木的,很沉,不信你试试。我握在手中试试,果然。父亲告诉我,这擀面杖的主人是满族,蓝旗吧,祖上是给皇陵看坟的。擀面杖传到他这一代,有一百年了。父亲还说,这个人家实在仁义,见他真喜欢这擀面杖,夫妻俩异口同声地说:"是什么好东西哟,喜欢就拿走吧!"父亲并且对我摹仿着他们那绝对不同于当地农民的旗人口音——虽然一百年后的他们,早已是地道的当地农民。他们的口音他们的善良,都给他留下了深刻的印象。

去年初秋,我随父亲去太行山西部写生,走了一些大大小小的村子,在农民的院里屋里,和他们聊过日子的琐事。一些妇女见父亲带着相机,便请求父亲为她们拍照。父亲为她们照相,还答应照片印出后寄给她们。父亲在这方面从不食言,尽管他可能终生不会再与她们见面。有个下午我们走进了一个整洁的小院,我像往常那样先打声招呼:"家里有人吗?"一个利索、和善的中年妇女应声从屋里出来站在门口,她笑着对我说:"吃桃儿吧。"我这才发现我正站在一棵桃树下。抬头看看,桃子尚青,小孩拳头大。我说谢谢您我不吃。妇女向我走来说:"来,吃个,谁让你走到了桃树底下呢。"她伸手摘下几个桃子,放在衣襟上擦净,递给我。我吃着略生涩的桃子,心想也许她就要请求我父亲为她拍照了。但是没有,这个妇女,她仅仅是愿意让一个走到她桃树底下的生人尝尝桃子。于是我又想,这样的妇女若有一根父亲喜欢的擀面杖,她定会毫不犹豫地送给父亲的。我们进了屋,父亲并没有看中她家的擀面杖。

第二天上午,父亲在另外一家发现了他中意的擀面杖。照我当时的看法,这根擀面杖其貌不扬,木质也一般。但也许正是它那种不太圆润的样子吸引了父亲,他小声对陪同我们前来的镇长(年轻的镇长是父亲的朋友)说了买擀面杖的企图。镇长说这也叫个事儿?这也用买?先拿走,回头我让人上供销社给她们送根新的来!这个上午,这家只有一位年近五十的妇女,她告诉我们,她丈夫上山割山韭菜去了,大闺女正在地里侍弄大棚菜。当她得知我们要买她的擀面杖时,显然觉得这是一件不可思议的事。她明确表示了她的不情愿,她说其实那不是地道的擀面杖,那年她当家的和兄弟分家的时候,他们家没分上擀面杖,他当家的在院里捡了根树棍,好歹打磨了几下权作了擀面杖,其实这擀面杖不过是个普通的树棍子。这位妇女想以这擀面杖的不地道打消父亲想要它的念头,我却接上她的话说:"既是这样,就不如让我买一根真正的擀面杖送给您吧。"哪知妇女听了我的话,立刻又调转话头,说起这擀面杖是多么好使,说再不地道也是用了多少年的家伙了,称手啊,换个别的怕还使不惯哩……这时镇长不由分说一把将擀面杖抓在手里,半是玩笑半是命令地说这擀面杖归他了,他让妇女到镇供销社拿根新的,账记在他身上。妇女仍显犹豫,却终未敌过镇长的意愿。我们自是一番千谢万谢。一出她的院门,镇长便将擀面杖交与父亲。父亲富有经验地说,应该尽快离开这个村子,以防主人一会儿翻悔。

我们随镇长来到镇政府,在他的办公室,镇长对我讲起了他的一些宏伟计划。比如他要拓宽门前这条公路,然后在公路两旁盖起清一色二层楼商店,便利了交通,也让这个山区小镇更适应商品经济的发展。为此他正同林业部门交涉,因为现在公路两旁长着参天的杨树。拓宽公路便要刨树,刨树就须林业部门的批准,而林业部门却迟迟不批。镇长说就门前这几棵树啊,让他头痛。后来我们的聊天被一阵高声叫嚷打断,原来是刚才那家的闺女(那个侍弄大棚菜的闺女)前来讨要擀面杖了。

这是一个二十大几岁的女性,她满头热汗,一脸愤怒,站在镇长的门口,很响地拍着巴掌,她叫着:"把我那擀面杖还给我!把我那祖传的(明显与其母说法不符)擀面杖还给我!"镇长上前想要制止她的大叫,说我们又不是白要,不是让你娘去供销社拿新的么。但这女性显然不吃镇长那一套,她哼了一声冷笑道:

"别说是新的,给根金的也不换!快点儿,快把擀面杖拿出来,正等着擀面呢(也不一定),莫非连饭也不叫俺们吃啦……"她的音量仍未降低,四周无人是她的对手。我和父亲只感到很惭愧。毕竟这貌不扬的擀面杖是一户人家用惯的家什,用惯了的家什,确能成为这家庭的一员。那么,我们不是在"掠夺"人家家中的一员么。我父亲不等这女性再多说什么,赶紧从屋里拿出擀面杖交给她,并再三说着对不起,我也在一旁表示着歉意。谁知这女性接了擀面杖,表情一下子茫然起来,有点像一个铆足了劲挥拳打向顽敌的人突然发现打中的是棉花;又仿佛她并不满意这痛快简便的结局。她是想索要更高的价码,还是对我们生出了歉意?又愣了一会儿,她才攥着擀面杖骑车出了镇政府。

过后父亲对我说,这没什么,比这艰难的场面他也碰见过。我知道他要说起一个名叫走马驿的山村,两年前他就在那儿看上了一根擀面杖,却未能得手。两年之间他又去过几次走马驿,并且间接地托了朋友,每次都是败兴而归。但父亲在概念里早已把那擀面杖算成了他的,有时候他会说:"走马驿还有我一根擀面杖呢。"

我经常把父亲心爱的擀面杖排列起来欣赏,枣木的,梨木的,莱木的,杜木的,槟子木的……还有罕见的铁木。它们长短参差着被我排满一面墙,管风琴一般。它们的身上沾着不同年代的面粉,有的已深深滋进木纹;它们的身上有女人身上的力量女人的勤恳和女人绞尽脑汁对食物的琢磨;它们是北方妇女祖祖辈辈赖以维持生计的可靠工具。正如同父亲收藏的那些铁匠打制出的笨锁和鱼刀,那些造型自由简朴的民窑粗瓷,在它们身上同样有劳动着的男人的智慧和匠心。每一根擀面杖,每一把铁锁,都有一个与生计依依相关的故事。在"信息高速公路"时代,在物欲横流的今天,正是这些凡俗的生产工具、生活用具,它们能使我的精神沉着、专注,也使我能够找到离人心、离自然、离大智慧更近的路。

父亲有雄心要创办一个由他的藏品构成的小型民俗博物馆,这使我也不断地生出些雄心,我愿意帮助父亲实现他这个美梦,梦想回到将来。

这便是我写作之外的一些生活,这生活同文学不曾发生直接的关连,但是属于我的写作却从来没有将它们排斥在外。

您的微笑使我年轻

当旧的一年老去、新的一年赶来的时候,我的心中总有愿望。我盼望自己事事如意,也盼望给所敬重的长者、亲朋以诚实的祝福。我常想,年关是不该缺少这诚实的祝福的,平日我们都极少通信,极少谋面。这时寄上一纸贺卡,几句短话,就什么都有了。纵然在新的一年我们仍旧很少通信、很少谋面,但我们却有年初的祝福相伴。于是我明白了年关是什么日子,年关是亲朋互相祝福的日子。

我曾经在一篇关于选择贺卡的文章里提到,我特别害怕那种将温柔热烈而又不着边际的空话印满纸面的贺卡,比如"心儿悄悄地飞向你",比如"启开这卡片的乐曲声愿人生的美丽与你同在"……机器里滚出来的句子总缺少具体的真诚,将它们寄至亲友好像不是祝福,反倒成了敷衍。有时你因为接到这样的卡,还会生出一丝尴尬。在我们的日子里,已经有了不少的敷衍和尴尬。

每逢年关我总是愿意亲手做些贺卡寄亲朋,哪怕做得再拙劣、再粗糙。

羊年在即,我开始动手制作"羊"卡。它不过是一张对折起来的巴掌大的白色卡片纸,封面"印"了一个古写的"羊"字。这所谓的"印",是用硬纸刻成一个羊字"漏板",用棉花球蘸点红色绿色,把那字"乩乩乩"地乩在那个巴掌大的卡片纸上。里面留一片空白,预备我去写我要说的话。

羊卡做成了,我便打算毫不畏缩地将它们寄给我要寄的人,第一个想到的便是冰心先生。

在从前的数年里,每年我都会接到冰心先生的贺卡。我珍重这些贺卡,更珍重先生亲笔写在贺卡上的话。话都不长,有的短到仅四个字:"铁凝,想你!"在我年年月月的生活中,这几个字随时都在心中闪现。谁能言尽这话里有多少文学前辈对后来人的爱心呢。

我将我的羊卡寄上,很快就收到了冰心先生给我的贺卡。我要说,这是一份令我意外且又欣喜之极的礼物:一张冰心先生的彩色近照。先生在照片的背面写道:

铁凝:

　　你真行! 会写文章还会画画。这是我外孙陈钢照的相,他让我把它作为贺卡。我还好,什么时候再到北京来呢。匆祝新年好!

　　　　　　　　　　　　　　　冰　心

照片右下角还有"陈钢摄影"的印记,本是赵朴初先生的手迹。

这是一张拍摄得非常精美的头像,作者运用的微距和自然光,将冰心先生的面孔表现得真实而近切:一头细柔的银发梳向脑后,嘴唇却是少女般新鲜的淡红,皮肤呈现出历炼了人生风雨之后的润泽。她微笑着,视线稍稍向上,仍是她那常有的宁静而又充满希望的目光,叫人觉得前面的生活总有无限的美好。

我长久地注视照片上的冰心先生,她给予了我从未有过的温暖和明澄,向我展示了一种至美的境界。这境界早已战胜了岁月的销蚀,超越了年龄的限制,在这位近九十一岁高龄的老人身上,焕发着无可比拟的生命魅力。

我再一次想到年关是什么日子呢?年关是所有成年人都惧怕的日子。因为我们又要添加一岁,不知何时白发和皱纹将武装我们的头和脸。而我们的种种惧怕却又无时不在加速着我们的衰老,使我们不安。

我再一次注视照片上的冰心先生,惟有这照片使我获得了即使在少男少女面前也未曾感染上的青春激情。照片上的您似乎正在说些什么。您是说:为什么总为自己的年龄而不安?您是说:为什么不去坦然迎接每个年关之后那些新的美好呢?

假如我曾经不安过,假如我的心境曾经比您的年龄还要苍老过,是您的微笑照耀了我的日子,您的微笑使我年轻。

1991 年 1 月 16 日

温暖孤独旅程

有一个冬天,在京西宾馆开会,好像是吃过饭出了餐厅,一位个子不高、身着灰色棉衣的老人向我们走来。旁边有人告诉我,这便是汪曾祺老。

当时我没有迎上去打招呼的想法。越是自己敬佩的作家,似乎就越不愿意突兀地认识。但这位灰衣老人却招呼了我。他走到我的跟前,笑着,慢悠悠地说:"铁凝,你的脑门上怎么一点儿头发也不留呀?"他打量着我的脑门,仿佛我是他久已认识的一个孩子。这样的问话令我感到刚才我那顾忌的多余。我还发现汪曾祺的目光温和而又剔透,正如同他对于人类和生活的一些看法。

不久以后,我有机会去了一趟位于坝上草原的河北沽源县。去那里本是参加当地的一个文学活动,但是鼓动着我对沽源发生兴趣的却是汪曾祺的一段经历。他曾经被下放到这个县劳动过,在一个马铃薯研究站。他在这个研究马铃薯的机构,除却日复一日的劳动,还施展着另一种不为人知的天才:描绘各式各样的马铃薯图谱——画土豆。汪曾祺从未在什么文字里对那儿的生活有过大声疾呼的控诉,他只是自嘲地描写过,他如何从对于圆头圆脑的马铃薯无从下笔,竟然到达一种"想画不像都不行"的熟练程度。他描绘着它们,又吃着它们,他还在文中自豪地告诉我们,全中国像他那样,吃过这么多品种的马铃薯的人,怕是不多见呢。我去沽源是个夏天,走在虽然凉快、但略显光秃的县城街道上,我想象着当冬日来临,塞外蛮横的风雪是如何肆虐这里的居民,而汪曾祺又是怎样捱过他的时光。我甚至向当地文学青年打听了有没有一个叫马铃薯研究站的地方,他们茫然地摇着头。马铃薯和文学有着多么遥远的距离呀。我却仍然体味着:一个连马铃薯都不忍心敷衍的作家,对生活该有怎样的耐心和爱。

一九八九年春天,我的小说《玫瑰门》讨论会在京召开,汪曾祺是被邀请的老作家之一。会上谌容告诉我,上午八点半开会,汪曾祺六点钟就起床收拾整齐,等待作协的车来接了。在这个会上他对《玫瑰门》谈了许多真实而细致的意见,没有应付,也不是无端地说好。在这里,我不能用感激两个字来回报这些意见,我只是不断地想起一位著名艺术家的一本回忆录。这位艺术家在回忆录里写到当老之将至时,他害怕变成两种老人,一种是俨然以师长面目出现,动不动就以教训青年为乐事的老人;另一种是惟恐被旁人称"老",便没有名堂地奉迎青年,以证实自己青春常在的老人。汪曾祺不是上述两种老人,也不是其他什么人,他就是他自己,一个从容地"东张西望"着,走在自己的路上的可爱的老头。这个老头,安然迎送着每一段或寂寥、或热闹的时光,用自己诚实而温暖的文字,用那些平凡而充满灵性的故事,抚慰着常常是焦躁不安的世界。

我常想,汪曾祺在沽源创造出的"热闹"日子,是为了排遣孤独,还是一种难以排解的孤独感使他觉得世界更需要人去抚慰呢?前不久读到他为一个年轻人的小说集所作的序,序中他借着评价那年轻人的小说道出了一句"人是孤儿"。

我相信他是多么不乐意人是孤儿啊。他在另一篇散文中记述了他在沽源的另一件事:有一天他采到一朵大蘑菇,他把它带回宿舍,精心晾干(可能他还有一种独到的晾制方法)收藏起来。待到年节回京与家人做短暂的团聚时,他将这朵蘑菇背回了北京,并亲手为家人烹制了一份鲜美无比的汤,那汤给全家带来了意外的欢乐。

于是我又常想,一个囊中背着一朵蘑菇的老人,收藏起一切的孤独,从塞外寒冷的黄风中快乐地朝着自己的家走着,难道仅仅为了叫家人盛赞他的蘑菇汤?

这使我不断地相信,这世界上一些孤独而优秀的灵魂之所以孤独,是因为他们将温馨与欢乐不求回报地赠予了世人吧?用文学,或者用蘑菇。

1992年2月18日

套袖

插队时,邻家姑娘总帮我们做针线。她话不多,手巧,全村妇女绣枕头、缀袜底,几乎都用她出的花样。姑娘常年戴一副素净的套袖,显得勤快、干练。

不久,她也送给我一副花细布套袖,告诉我说,戴上它,省衣服。我没有省衣服的概念,戴上后只觉得多了一层从姑娘身上感觉过的那种气质。另外,冬春两季,冀中平原多风,有了套袖,黄风就灌不进袖筒了。

我戴着套袖赶集,买菜籽、碱面;戴着套袖去公社参加"三夏"动员会;戴着套袖起猪圈,推碾子,摘棉花,下山药窖,烫四十个人吃的棒子面……

我回城了。要办各种手续,戴着那副套袖东奔西跑,在各种纸片上盖过二十多枚公章。后来手续办完了,我的花套袖就没了。它丢得很自然,不知不觉。

以后,在熟悉而又陌生的环境里,我又见过很多戴套袖的人:精细严谨的银行出纳;结实、果敢的卖肉师傅;托儿所阿姨、传达室老伯、印刷厂捡字工、公共汽车上的售票员……工作的需要呵,我想。

我没有想过我那副花套袖。

四年前的一个秋天,我因事去天津。行前韩映山同志嘱我带封信给孙犁老师。我脸上竟显出了难色,我怕见大作家,尽管他的优美篇章有些我几乎可以背诵。我还听人说过,孙犁的房间高大幽暗,人也很严厉,少言寡语。连他养的鸟在笼子里叫得都不顺畅。向我介绍孙犁的同志很注意细节的渲染,而细节是最能给人以印象的。我怎么也忘不掉这点:连孙犁的鸟都怕孙犁。

韩映山同志似看出我的心思,指着他家镜框里孙犁的照片说:"孙犁同志……你见面就知道了。"

我带了信,由百花文艺出版社李克明同志陪同,终于走进了孙犁老师的"高墙大院"。这是一座早已失却了规矩和章法的大院,孙犁老师曾在文章里多次提及,并详细描述过它的衰败经过。如今各种凹凸不平的土堆、土坑在院里自由地起伏着,稍显平整的一块地,一户人家还种了一小片黄豆。

那天黄豆刚刚收过,一位老人正蹲在拔了豆秸的地里聚精会神地捡豆子。我先看到老人的侧面,就猜出了那是谁。

看见李克明同志和我,他站起来,把手里的黄豆亮给我们,微笑着说:"别人收了豆子,剩下几粒不要了。我捡起来,可以给花施肥。丢了怪可惜的。"

他身材很高,面容温厚,语调洪亮,夹杂着淡淡的乡音。说话时眼睛很少朝你直视,你却时时感觉到他的关注。他穿一身普通灰色衣裤,当他腾出手来和我握手时,我发现他戴着一副青色棉布套袖。

他引我们进屋,高声询问我写作、工作情况。我很快就如释重负。我相信戴套袖的作家是不会不苟言笑的。戴着套袖的作家给了我一种亲近感。

我再次见到孙犁老师,是次年初冬。那天很冷,还刮着风。他刚裁出一沓沓粉连纸,和保姆准备糊窗缝。见我进屋,孙犁老师迎过来说:"铁凝,你看我是不是很见老?我这两年老得特别快。"

"您是见老。"我说。

也许是门外的风、房间的清冷和那沓糊窗缝用的粉连纸加强了我这种印象。但我说完很后悔,我不该迎合老人去证实他的衰老感。接着我便发现,孙犁老师两只袄袖上,仍旧套着一副干净的青色套袖。套袖的颜色是凝重的,但人却洋溢着一种干练的活力,一种不愿停下手、时刻准备工作的情绪。受了这种情绪的感染,我更后悔刚才自己的失口。

前年春天,我又见孙犁老师,是和六七位同行一道。那天他没捡豆粒,也没糊窗缝,正坐在写字台前。桌面摊开着纸和笔,大约是在写作。看见我们,他立刻停下工作,招呼客人就座。我还是先注意了一下他的袖子,又看见了那副套袖。

那天他很高兴,随便地和大家聊着天,却并没有摘去套袖的意思。这次我才意识到,戴套袖并不是老人的临时"武装"。我也才想起我有过的那副花细布套袖。在那些年里,一副花套袖也曾武装过我的双臂。我一时忘却了客人们的谈论,思想起冀中平原的一切。

一副棉布套袖,到底联系着什么,我说不清。联系着质朴、节俭?联系着勤劳、创造和开拓?好像都不完全。

我没有问过孙犁老师为什么总戴着套袖。也许,他也会说是为了爱护衣服,就像村里那位邻家姑娘告诉过我的那样。但我深信,孙犁老师珍爱的不仅仅是衣服。不然,为什么一位山里老人的靛蓝衣裤,就能引他写出《山地回忆》那样的名篇?尽管《山地回忆》里的一切和套袖并无联系,但它联系着织布,买布。作家没有忘记,战争年代山里一个单纯、善良的女孩子为他缝过一双结实的布袜子。然而作家更珍爱的,是那女孩子为缝制袜子所付出的真诚劳动和在这劳动中倾注的难以估价的感情,倾注的中华民族乐观向上、坚韧不拔的天性。是这种感情和天性,滋养着作家的心灵。

正月已近。"正月里来是新春",春天是开拓、创造的季节。夜深人静时,我又想起孙犁老师的套袖。我仿佛看到他又坐在那靠窗的旧桌前,双臂戴着那整洁的青色套袖,开始伏案写作,领略文学这平凡而又复杂的劳动中的喜怒哀乐。

春天永远属于勤劳、质朴、潜心创造着的人。

春天离珍惜她的人最近。

1984 年 1 月

女人的白夜

正定三日
被荒唐证实着的传说
女人的白夜
我在奥斯陆包饺子
寻找珍妮弗
想起阿尔那张床
安格尔在过街通道里
我在奥斯汀请客
在纽约逛旧货市场

正定三日

少年时听父亲讲过正定。建国前后正定曾是培养革命知识分子的摇篮,著名的华大、建设学院校址都曾设在那里。

那些身着灰布制服的学员生活、学习在一座颇具规模的教堂里。当时教堂虽已萧条,但两座高入云霄的钟塔却仍然矗立在院内。每逢礼拜,塔内传出钟声,黑衣神父从灰制服武装起来的学生中间目不斜视地穿插而过。少时,堂内便传出布道声。学生们则趁着假日,从街上买回正定人自制的一千六百元旧币一只的挤不出管的牙膏。

在哥特式的彩窗陪伴下,两种信仰并存着:一种坚信人是由猿猴变化而来;一种则执拗地讲述着上帝一日造光、二日造天、六日造人……

庭园内簇簇月季却盛开在这个共同的天地里。神父种植的月季,学员也在精心浇灌。空气中弥漫着浓郁的花香,仿佛是那些月季花把两种信仰协调了起来。

成年之后,每逢我乘火车路过正定,望见那一带灰黄的宽厚城墙,便立刻想到那教堂、那钟声和月季。

不知为什么,父亲讲正定却很少讲那里的其他:那壮观的佛教建筑群"九楼四塔八大寺",那俯拾即是的民族文化古迹。

我认识的第一位正定人是作家贾大山。几年前他做了县文化局长,曾几次约我去正定走走。我只是答应着。直到今年夏天大山正式约我,我才真的动了心,却仍旧想着那教堂。但大山约我不是为了这些,那座"洋寺庙"的文化并未在他身上留下什么痕迹。相反,他那忠厚与温良、质朴与幽默并存的北方知识分子气质,像是与这座古常山郡的民族文化紧紧连系着。

深秋一个绵绵细雨的日子,我来到正定。果然,大山陪我走进的首先就是那座始建于隋朝的隆兴寺。

人所共知,隆兴寺以寺里的大佛而闻名。一座大悲阁突立在这片具有北方气质的建筑群中,那铜铸的大佛便伫立在阁内,同沧州狮子、定州塔、赵州大石桥被誉为"河北四宝"。

隆兴寺既是以大佛而闻名,游人似乎也皆为那大佛而来。大佛高二十余米,浑身攀错着四十二臂。游人在这个只有高度、没有纵深的空间里,须竭力仰视才可窥见这个大悲菩萨的全貌。而他的面容靠了这仰视的角度,则更显出了居高临下、悲天悯人、既威慑着人心、又疏远着人心的气度。他是自信的,这自信似渗透着他那四十二臂上二百一十根手指的每一根指尖。人在他那四十二条手臂的感召之下,有时虽然也感到自身一刹那的空洞,空洞到你就要拜倒在它的脚下。然而一旦压抑感涌上心境,距离感便接踵而来。人对它还敬而远之的居多。这也许就是大悲菩萨自身的悲剧。

距大悲阁不远是摩尼殿。在摩尼殿内,在释迦牟尼金装座像的背面,泥塑的五彩悬山之中,有一躯明代成化年间塑绘的五彩倒坐观音像。和大悲菩萨比较,她虽不具他那悲天悯人的气度,却表现出了对人类的亲近。她那十足的女相,那被人格化了的仪表,一扫佛教殿堂的外在威严,因而使殿堂弥漫起温馨的人性精神。她那微微俯视的身姿,双手扶膝、一脚踏莲、一脚踞起,端庄中又含几分活泼的体态,她那安然、聪慧的目光,生动、秀丽的脸庞,无不令人感受着母性光辉的照耀。松弛而柔韧的手腕给了她娴雅;那轻轻跷起的脚趾又给了她些许俏皮。她的右眼微微眯起,丰满的双唇半启开,却形成了一个神秘的有意味的微笑。这微笑不能不令人想起达·芬奇的蒙娜丽莎。一位意大利的艺术巨匠,同我国明代这位无名工匠,在艺术上竟是这样的不谋而合。他们都刻画了一个宁静的形象,然而这种宁静却是寓于不宁静之中。蒙娜丽莎被称作"永远的微笑",这尊倒坐观音为什么不能?

没有人能够窥透她的微笑,没有人能够明悉这微笑是苦难之后的平静,抑或是平静之后的再生。这微笑却浓郁了摩尼殿,浓郁了隆兴寺,浓郁了人对于人生世界的爱。不可窥探的微笑才可称作永远的微笑。

游人却还是纷纷奔了那著名的大悲阁而去,摩尼殿倒像是一条参观者和朝拜者的走廊。

走出寺门,我用心思索着大悲菩萨和倒坐观音。谁知威严无比的大悲菩萨我竟无从记起,眼前只浮起一个意味无穷的微笑。原来神越是被神化则越是容易被人遗忘;只有人格化了的神,才能给人深切的印象。

人却愿意被自己的同类奉若神明,人的灾难也大多开始于此吧。当神以人的心灵去揣度人心、体察世情时,盛世景象不是才会从此时升起吗?

次日,我再去隆兴寺。

此次进寺,是专程去看天王殿北面那座大觉六师殿。

实际大觉六师殿已无殿可看。殿宇早已坍毁,只有一方阔大的台基和几十尊柱基袒露在翠柏包围之下。台基正中兀自立着一只汉白玉莲座,莲座上的空香炉映衬着正北那绚烂华美的摩尼殿,更增添了这殿址的寂寥。

这大觉六师殿曾是寺内的主殿,创建于北宋元丰年间,寺志记载着殿内的规模,仅五彩石罗汉就有一百零八尊。还有高一丈六尺的金装佛三尊,高一丈六尺的金装菩萨四尊,以及其他各种五彩泥塑罗汉、菩萨……加起来约有八九十尊。可见这主殿确实颇具些规模的。

六师是指同释迦牟尼相对立的六派代表人物,与释迦牟尼同时代,因与佛教主张不同,被称为"六师外道"。

六师各有其论,如其中富兰那·迦叶的"无因无缘论",删阇夜·毗罗尼仔的"怀疑论"和"不可知论"以及"顺世论"、"无有今世,亦无后世论"……那么,大觉六师殿当是供奉这六位反释迦牟尼的代表人物了。而大觉六师殿又同供奉释迦牟尼的摩尼殿同在一寺,且仅几十米之遥。是谁为他们创造了这种"宽松、和谐"?原来当年的隆兴寺也是这种宽松、和谐的范例。

据说大觉六师殿毁于民国初年。问及当地老者,都说只见过当年大殿塌陷过一角,却无人说得清大殿究竟是怎样片瓦无存。那丈余高的金装菩萨、金装佛呢？那百余尊五彩石罗汉呢？那嵌于四壁的宋代壁画呢？它们究竟在何时销声匿迹，如今连研究人员也无从回答。

这谜一样的殿，这毁殿的谜。它仿佛是应了一种神明的招引乘风而去；又仿佛是派系之争，使一方终无容膝之地，才拔地而起。莫非洞悉其中奥妙的只有摩尼殿中的倒坐观音，她那永远的微笑里，也蕴含了对释迦和六师的嘲讽么？

然而六师同释迦牟尼毕竟在这里共存过，那袒露着的台基便是证明。是那各派共享一寺的盛景丰富了正定的文化。

我又想起了那座曾作过革命者摇篮的教堂。原来它和隆兴寺仅一墙之隔。当年，寺内伴着朝霞而起的声声诵经，随着晚风而响的阵阵檐铃，是怎样与隔壁教堂的悠远钟声在空中交织、碰撞？正定给予神和人的宽容是那么宏博、广大。东西方文化丰富了这座古城镇，古城又慷慨地包容了这一切。

正定的秋雨很细，如柳丝一般绿。

第三日，我本来决心去专访那教堂的，但教堂早就变成了一所部队医院。那两座高入云霄的塔楼也已不复存在。向门内望去，不见月季，只有三五成群的身着白衣白帽的医护人员。我忽然失去了进门的兴致，却仍然像个当年的革命者那样从门前走过，走上街头，去寻找正定制造的一千六百元旧币一管的牙膏。

闲逛着，我进了一家很小的木器店。店里摆着精巧的折叠小木椅。问过价钱，竟是分外的便宜。我向售货员试探，能不能允许我挑两把？一位富态的中年女售货员不仅欣然应允，还说若是挑不好再去库里为我拿。我竟有些惶惑，之后便是受宠若惊——毕竟我还未能解除大城市的武装:大城市绝少这种宽待顾客的俞允。

我挑遍了铺面上的小木椅,售货员果无厌烦之色。我便得寸进尺起来,要求她从库房里再拿些出来。谁知售货员更慷慨了,径直将我领进了库房。

许多年来,买东西的过程从未给过我乐趣,只在这秋雨中的小店,我才寻到了这本该有滋有味的买主和卖主矛盾中的和谐。

后来才知道,这种木椅是正定木器厂的出口产品。原来正定不仅拥有着厚重的文化古迹,那一千六百元旧币一支的挤不出管的牙膏也早已无证可查。如今正定在经济上的腾飞和发展也是令邻县艳羡的。那漂亮的常山影剧院售票处前的盛况便是证明。

穿扮入时的青年男女们远离了寺钟和木鱼,讲经和布道,他们要坐在现代化的剧场里欣赏爵士鼓打唱、电声乐队和新潮歌星。于是当隆兴寺的寺门紧闭时,正定的夜生活还在延长着。宽松、和谐仍然笼罩着这古城。

怀着一点难言的惆怅,我和大山也朝常山影剧院走去,去欣赏一场外地来的青春歌舞。一路上大山谈的却是京剧。原来他是个京戏迷,能讲能唱,讲着讲着就唱了起来。在雨后清新的空气里,他的嗓音不高但格外够味儿,好像我们将要走进的并不是那电声变化莫测的现代剧场。

然而,那裸露着胳膊和腿的少女,那爵士鼓的狂躁还是包围了我们……

也许这是通往真正文明的必经阶段?也许正定青年现在热

衷的正是有一天他们厌倦的？那时他们仍会返回自己赖以生存的文化中追寻生命的意义,伴着古老的寺钟,去寻找新鲜的一天,新鲜的开始。

回来的路上,大山谈论的是刚才眼前的一切。那谈论中很少满足,却充满着惆怅和疑虑。

在不变之中发现变化的该是智者吧？在万变之中窥见那不变之色的亦非愚公。

我不是智者,也不是愚公。我只是想到,一方水土养一方人。正定悠久的历史文化陶冶了这土地上一代又一代的人们,灾荒、战乱、文化浩劫都未能泯灭这儿人们内在的情趣。这其中的珍贵不亚于那大觉六师殿内的堂皇。

倘若人心荒漠,纵然寺院成群,这古郡的意义又何在？一台不算雅致的青春歌舞,难道真能包容正定人的好恶？

当我远离了正定,回首凝望它那宽厚雄浑的古城墙时,那错落有致的四塔,连同那片如大鹏展翅般的寺庙屋脊,携了历史的风尘安然屹立。它们使正定的历史得以灿烂,它们又充盈了正定的今日。

正定毕竟是怀了希望朝前走的。是伴着钟磬的齐鸣,是伴着爵士鼓的骚乱,是伴着那教堂的月季花香,是伴着大山那字正腔圆的唱段？也许都是,也许都不是。

能够回答的,终将是古老而又年轻的正定。

1986 年 11 月

被荒唐证实着的传说

围绕一座赵州桥,有着许多故事,人们把它编辑成书,有字典般厚。那故事大都和八仙连在一起。

中国人差不多都知道,鲁班修完这座长虹般的拱桥后,便有八仙纷纭而至的事:他们怀着对人间的疑惑和玩世不恭的心理,尽与鲁班开些不大不小的玩笑。先是张果老倒骑驴背对鲁班的戏弄,而后是柴王对这桥在力学方面所进行的更严峻的考验。然而鲁班经受住了这考验,在桥的存亡关头,他只身乘小舟用手托住了这桥,从此在桥的石拱上留下了永恒的凭证——一个簸箕大的手印。

包括这鲁班在内的传说毕竟是传说,八仙当然不会光顾这里,设计并主持这建桥工程的也不是鲁班,那本是隋朝大匠人李春。这些建桥的荣誉不知何时,又因了一个什么契机而转移给鲁班的。人的主观愿望原来是这样顽强,即使解放后有人在桥头立塑像为李春正名,人们还是执拗地认定桥是鲁班所建,参观者还是不顾守桥者李春的存在直奔那桥的本身。也许作为一种文化现象的存在,李春和鲁班倒显得并不十分重要了吧,这本是一个民族的璀璨,就像经过几个朝代才完整起来的长城,荣耀都归于秦嬴政一人那样。

我不止一次登上赵州桥,不止一次为它那宏伟的体魄、精巧而合理的结构、美不可言的装饰所倾倒。我尤其喜欢栏板上的装饰浮雕,那上面雕的尽是蛟龙的穿水和蛟龙们扭结在一起的嬉戏。

有雕塑家告诉我,这龙和水、水和龙用浮雕表现本是一件不易之事,它不似明清两代宫廷的丹墀,不似那些黄瓦朱墙前的华表石柱,那些龙们都带着一身华贵,带着一身皇族统治欲的威严,因而也带着一身程式和套数。这里的蛟龙不然,它纯属一些普通人没有限制的自由想象,好像在绘制草稿时,任何借鉴都没有,它们本是平民们大脑和手的自由驰骋。那些流畅的线,那些龙和水恰当的凹陷凸起,那些朴实无华、削石如泥的刀法,那实在是一种神奇的豪迈,是智慧和力量的结合。似这样神奇的豪迈,这样的智慧和力,你只有在欣赏罗丹和米开朗基罗时才会有同感。

然而,这些身着粗布大袄、曾在干涸的河床里做着棉花和梨的生意的赵州人,是怎样获得这智慧和力,这神奇与豪迈的?尽管他们有大匠李春做指导。也许不只我一人在获得这欣赏的满足之后,又带着这疑问离去。

前不久我又一次来赵州,这次是陪几位文学和美术界同仁来看这座桥的。中午,由这县的政府招待我们在政府招待所吃午饭,我知道这里人不讲应酬、少寒暄。此时面对这一桌连我都认作名流的来客,政府方面竟连一个作陪的也没有。只有招待所的服务员双手捧着一个个大茶盘、大脸盆忙活着上菜,一只红烧肘子足有十几斤重,连着猪的蹄脚和盘端来;一块块油炸豆腐有半个鞋底大小且刀工之不规矩到你难以置信的地步;一脸盆"糊汤"里飘着二三寸长的馃子段和大衣扣子般大小的葱花;其余菜肴被装在盘里都像山样地满当。没有人为你劝酒夹菜,一切方便都留给你。你尽可不管不顾,你尽可吃得失态。这实在是一种境界,是一种失却了左顾右盼的境界,一种无须做作的境界。饭后,一位政府工作人员早将一筐上好的雪花梨搬上了我们乘坐的面包车。显然,它本来也是席间的一道水果点心,因了我们的急于赶路才被搬至车上的。

车开起来,大饱了那肘子、那豆腐、那山模山样的炒菜的我们,便迫不及待地打开了这筐梨。原来就像赵州人炮制了那出其不意的菜肴一样,赵州的自然不知为什么也把这梨造就得如此出人所料。每个梨足有一斤以上吧,那粗犷的模样、沉重的分量,你拿在手里像拿起了一件称手的打制工具,好像人的嘴原本是不可以对付它的。面对这个大自然的随意造就,你怎么也无法将它与珍细果品相提并论——充其量不过是个大水萝卜吧,虽然它以它的真正品格早已驰名中外了。

有人把嘴张个满圆咬下一口,在证实了这梨本不是大水萝卜之后,高叫着说:现在我明白赵州人为什么能雕出那么好的栏板了。你们想,吞个红烧肘子,喝一脸盆糊汤,再吃个斤把重的大梨,然后拿起锛头上桥。

又有人补充说:没人和你推让寒暄,你是自管自地吃饱的。

招来了一车人的笑。然而谁都觉得这是个最接近答案的答案,虽然它充满不折不扣的荒唐。

1990年

女人的白夜

我坐在窗前看窗外的窗,窗外的窗子静静地看我。

在白夜里我才知道,我看世界时,世界也在看我。

奥斯陆的白夜银白银白。夜最深时也能辨清对面窗子窗帘的颜色。那亚麻色的窗帘夜夜从不关闭,我才知道对面这老式房子并非一幢公寓。

我依然认定对面的窗子便是娜斯金卡的家,这少女的外婆正用别针把外孙女和自己别在一起。可娜斯金卡还是有办法逃走,于是,彼得堡朦胧、湿润的白夜里便有了娜斯金卡和她的爱情故事。

这是陀思妥耶夫斯基的《白夜》,十几年前它就给了我那样美好的心境。当我在黑夜里梦见白夜时,那白夜就是娜斯金卡纯净的脸。

十几年过去,我看见了真正的白夜。如今我置身奥斯陆的白夜中,又听见了另一个白夜的故事。

六月二十三日是北欧的仲夏夜狂欢节。这天白夜最长,人们在黄昏相聚海边。点起篝火,彻夜欢歌。古时这节日却是以拿女人祭神为内容的。小镇上的人们在海边燃起火堆,将一个被镇长认定有罪的女人扔进火里,烧死她以换取整个小镇的清白。

女人们惧怕这白夜的来临,惧怕自己被镇长选中,于是加倍地小心做人。

可是,每一年的仲夏夜,火堆里仍然要投入一个女人。女人们仍然要在这里战栗着狂欢。

多少多少年后,当又一个仲夏夜来临,又一个女人就要被扔进火里时,一个聪明、勇敢的女人决意夺回女人的命运。她站出来质问镇长,问他有什么证据证明那将被烧的女人有罪。镇长也很聪明,说:可以将这女人装进麻袋,绑好投入池塘。假如她漂在水面,说明她是清白的;假如她沉了下去,便是罪恶深重。

人们雀跃着拥向池塘,去观赏这种验证。自然,镇长选中的女人永远是沉下去的。这种验证的方式不过使用来祭神的女人在火的折磨前又加一层水的折磨。

多少多少年后,仲夏夜狂欢的篝火里不再投入女人,时代终于使活人换成了草人。草人敷衍了神灵,草人使女人松了一口气。仲夏夜可爱了,篝火旁响起了没有战栗的歌唱。

可那草人的样子是男草人还是女草人? 我一直想问问讲故事的人。

当我在一个白夜从易卜生的故乡斯凯恩乘车返回奥斯陆的时候,沿途那幽深的有野鹿出没的森林里,那起伏着绿色松涛的山谷里,到处都响着娜拉出走时的关门声。这关门声曾经响彻了全世界,如今在这明如白昼的夜色里,它格外的清晰、真切,就像是回答着古时那个镇长的暴虐。

于是,世界上那么多的女人被吸引到斯堪的纳维亚半岛来了,人们称这些人为作家。

于是,第二届国际女作家书展在娜拉的故乡开幕了。今年的六月二十三日,参加书展的全体女作家聚会在英格亚德海湾,燃起篝火,共度狂欢之夜。

于是,奥斯陆慷慨地将今年的仲夏夜献给了更多的女人,女人在今夜决定一切,享受一切,统治一切。这里有梦中有过的美妙意境,这里有我们不曾有过的梦。

英格亚德海湾的松树绿得年轻,海水蓝得响亮。橘红色的太阳在深夜十一点的海面半浸着身体,久久不愿沉没,就像在倾听芬兰女作家正在演唱的那粗犷、幽默的无字歌。在她家乡的山谷里,当人们彼此相隔很远地劳动时,就靠了这无字的歌声沟通着心灵,传递着彼此的消息。

一个弹着吉他的女歌手也在唱。歌声就像她那白布衬衫和褪尽颜色的牛仔裤、平底鞋一样简洁、朴素,却叫听的人要哭。她尽心尽意地向海倾诉着她的灵魂,这种倾诉感曾经离我们多么的遥远。

一个头戴花环的少女从我身边走过,手里还有鲜花。夕阳照耀着她唇边细密的金色茸毛,她是多么年轻啊。

我想起了远离着我的年轻朋友。

一个农村姑娘对我说,她一定要等学会写情书之后再谈恋爱;

一个城市姑娘对我说,她讨厌她的未婚夫是因为他太爱她;

一个从未经过伤心事的女孩子对我说她的灵魂整日充满了

痛苦;

一个历经坎坷的女人对我说她活得很愉快。

我还想起近在咫尺的新朋友。

那做了母亲的挪威汉学家易德波告诉我,当她乘电车上班时,看着电车里的男人们,便开始假设今天她在精神上该同他们中的哪一位结婚。我问她结果怎样,她说结果他们都叫她失望,那惟一沉淀在她心里的人还是她丈夫。可再乘电车时,她还是假设着那精神上的结婚。

女人的愿望是这样复杂又这样简单;女人的要求是那么多又那么少。

我曾经和一位从未到过中国的挪威女作家特瑞尔聊天。她曾经在肯尼亚一个农民家里生活了四个星期,之后便写成一本关于肯尼亚农民生活的书。在书中她描述了肯尼亚农村一个男人三个太太的家庭结构。因为她是白人,一位肯尼亚作家便给这书以嘲讽,说白人写黑人不居高临下才怪。但这书的出版毕竟鼓舞了她从事国际题材的热情。目前她正计划写一本《毛泽东传》,写给挪威的中学生看。为此她幻想着到中国去。她一边叙述自己,一边卷着很呛人的烟丝抽,说话间神情充满着自信。最后她笑着说,一九六八年中国"文革"时,她是挪威的红卫兵。上课时她也学着中国红卫兵的样子对老师不以为然,老师若是批评她,她就掏出《毛主席语录》叫老师"滚蛋"。

我曾经看见南非黑人女作家劳梦搭·尼克布在书展大厅向工作人员发脾气,因为大厅里竟没有她的书。我愿意谅解尼克布女士的激动,因为当一些作家有暇讨论文学如何表达自我情感、自我意识这样的"豪华"问题时,尼克布女士还没在自己的国土找到容身之地。她被赶出南非,流亡英国,不能用母语写作。在英国她仍然一往情深地歌颂着南非的妇女,她把她们称作南非的根。尼克布女士做着艰难的重返故土的梦,幻想着回归家园,幻想她的书在世界各地出版。

一个双耳坠着大虾的女人迎着我过来,那耷起须毛的大虾,那一身黑色衣裙使她显得气度不凡,就像对于统治海有着悄悄的欲望。

于是,男人悄悄地摹仿起女性:一个额前梳着刘海的男青年盯着几位正在篝火边烤肉的女作家,他把嘴唇涂得很红,长长的鬈发用红头绳束在脑后,扎成一根马尾辫。他的身躯很是矫健,却热衷于摹仿女人的打扮。在欧洲曾经有一些摇滚乐队,最初就是靠了装扮成女人演出而走红。他们发迹了,我从来不相信这是因了对女性的崇拜。也许这该叫作畸型的女人梦?

英格亚德海湾温柔着人心,人人都有不断的梦。白夜包孕着它们,它们离你很近。

人总是要有一点梦的。梦想、梦话、梦境……哪怕是噩梦、玄梦、荒唐梦,哪怕是美梦、酣梦,或者一枕黄粱之后的惊醒。

没了梦日子便少了滋味;有了梦人便有了第二组生活。第二组生活使你获得双倍的时间,双倍的勇气,你的生命长了,也许你会为了一个梦去追寻终生,纵然一路荆棘,一路坎坷,你无所顾忌。

朝霞续着晚霞灿烂了天空,白夜尽了。

白夜使那么多那么多女人在斯堪的纳维亚半岛相聚,白昼使那么多那么多女人各奔东西。人们回到自己的土地上,为了人类不再有仲夏夜那般的噩梦,为了人类能够有仲夏夜那般的美梦,努力向生活奉献着自己。

当娜拉出走的关门声砰地将你惊醒,当你从梦中醒来开始向生活奉献时,那梦才会变得真实。

"真正的光明决不是永没有黑暗的时间。"你不觉得那如昼的白夜原本就是一个梦么?

1986 年 8 月 30 日

我在奥斯陆包饺子

有一年六月,我在挪威参加第二届国际女作家书展。我的朋友、挪威汉学家易德波这期间一直做我的翻译并照顾我。易德波是一位诚实的中年女性,六十年代末开始学习汉语。她和她的丈夫——一位妇科医生以及三个儿子,住在奥斯陆近郊他们自己的房子里。

我曾经几次在易德波家吃饭,临近回国,我想我应该对这好客的一家表示感谢。倘若请他们全家去餐馆、酒店吃饭,未免过于客气,而且也太贵——我窃想。最重要的是那些地方仍旧是他们习惯了的口味,并不新奇。要是在她家做一次中餐呢,当然会大受欢迎。可是我观察过易德波厨房的器皿和灶具,她的平底锅和电炉盘都不适合中国菜的烹饪。再说,奥斯陆也没有为我特意准备中国菜的原料和调料。这时我忽然想起我家夏天常吃的一种饺子。

每年夏季,西红柿最多的时候,我们喜欢做西红柿馅的饺子,可以说,这是我的发明。西红柿饺子的主料是西红柿、鲜猪肉、鸡蛋、葱头。这些东西也是西菜烹制中常用的,不必担心超级市场没有。假使要做北方人吃惯了的猪肉白菜馅儿,不但白菜没有,就是中国大葱我又到哪儿去找呢?于是,我决定为易德波全家做一次西红柿饺子。

饺子这种中国北方的大众食品,一直令外国人不可思议,不必说各种馅儿的调制,单是擀饺子皮的过程就令他们感到美妙。而中国人感到美妙的,则是包饺子本身所体现出的家庭亲情,一种琐碎、舒缓的温暖。我愿意把这种情绪带给易德波全家,我愿意我们共同享受东方这古老的热闹。当易德波九岁的小儿子听了我要包饺子的宣布之后,一天拒绝吃饭,耐心等待着晚餐的中国饺子。

我从超级市场买回原料,如我猜测的那样,主料都有,只差海米没买到。但易德波及时向我提供了鲜虾仁,这岂不更好?

我开始了我的制作:先把西红柿洗净,放在盆内用开水烫过(便于剥皮),剥掉皮,挤出汁和籽,再把西红柿剁碎。当我刚刚拿起一个西红柿,把汁和籽挤进洗碗池,手下就飞速地伸过一只小碗,是易德波站在了我的身后,好让我把西红柿汁挤进这小碗,她说这是好东西啊,扔进洗碗池太可惜了。结果我挤了多半碗西红柿汁,易德波小心翼翼将它藏进了冰箱。她没有因为当着一个外国人表现出如此的"抠门儿"有什么不好意思,我不禁问自己:假使一个外国人在我家厨房烧菜,我能够无顾忌地面对她去表现我的"抠门儿"么?

半碗西红柿汁并没有太高的经济价值,它却是北欧一个知识分子家庭节俭品德的体现。节约一定是他们的习以为常,因此易德波才十分坦然。有了这碗储进冰箱的西红柿汁,我的包饺子过程似乎才完整起来,才真正有了一种家庭的亲情。那时我指挥着易德波和她的丈夫,他们摊鸡蛋、剥葱头,虔诚地为我打着下手,那时厨房里似乎不存在外国人和客人,我已加入了这个家庭,与他们一道过着真实的日子。

我成功地制作了西红柿饺子,易德波全家吃得满面是汗。她的小儿子一边吃一边数数儿,最后告诉我说,他吃了三十六个。

易德波的节俭给我留下了比饺子本身更深的印象,但我仍然没有忘记请读者也来试一试西红柿饺子。饺子的形式万变不离其宗,但它的内容却可以不断丰富。丰富你的菜谱,便是丰富你生活的情致吧。此外,当你偶然地主持过一个家庭的烹饪,你还会获得一个了解这家庭的新视角。

附:西红柿饺子馅的制作

原料:西红柿一千克,鲜猪肉馅五百克,鸡蛋二个,葱头一个,海米二十五克,香油五十克,菜油、盐、白胡椒粉、味精少许。

制作:将西红柿洗净,放入盆内用开水烫过,剥皮,挤出汁和籽,把西红柿剁成丁(不要太碎);

鸡蛋摊成饼,切丁;

葱头切成丁,入油锅煸炒,加白胡椒粉、盐;

把西红柿放进肉馅用力搅拌,使水分充分吸收,然后加酱油,再搅拌,最后放入葱头、鸡蛋、海米丁、香油、盐、味精,搅匀即可。

特点:颜色新鲜,口感清爽,营养丰富,实为夏季欲吃饺子者的理想选择。

1986 年 12 月

寻找珍妮弗

华盛顿是我在美国访问的重要城市之一,在这里,我首先要同艾伦·布雷拉克女士商谈我的旅行计划。艾伦是子午线国际交流中心负责安排我访问项目的部门主任,美国政府将我的此次访问委托该中心具体承办。在我的诸多活动中,有一项是我特别提出的,我请艾伦为我安排了参观三年前在华盛顿建成的纳粹屠杀纪念馆。

纳粹对数百万犹太人的残酷杀戮虽然早已成为过去,但人类仍能随时感到它本是一次真实的存在。这除了我们直接接触过的史料,或许还要感谢中国人大都熟悉的那些电影和小说:《索菲的选择》、《辛德勒名单》……更何况,我们中华民族也曾有过饱受日本帝国主义侵略和伤害的岁月。

艾伦对我的提议表现出一种不同寻常的激动,她说她本人就是犹太人,她的很多亲戚和朋友在二战期间也遭到过纳粹的迫害。然后她欲言又止,这使我感到她的激动还有其他缘由。

第二天早晨在去纪念馆的路上,果然,我的翻译兼向导陈一川先生向我说明了艾伦的心事。昨晚艾伦给他打过电话,她说她对我的参观还有一个私人的请求,她嘱咐我们参观纪念馆时不要忘记到最下面一层去看看,那里展览的不再是纳粹的罪证,而是美国孩子们为纪念馆创作的图画,其中也有她女儿的一幅。她女儿名叫珍妮弗·布雷拉克,画上有她的签名。珍妮弗的画是她十二岁时的创作,可是现在她已不在人世了。艾伦还让陈先生转告我,她本来不想以个人的情绪影响我们的参观,但作为母亲,她总是希望更多的人能看见珍妮弗留在纪念馆的作品。

后来我得知,纪念馆在筹建期间,曾向全美国的少年儿童征集绘画,应征作者达三万多人,珍妮弗的画就是从三万多件作品中挑选出来的。纪念馆开幕那一天,珍妮弗约了几个同学一起去参观,她看到了她自己的作品被永远镶嵌在馆内的墙壁上,那兴奋的心情可想而知。不幸的是第二天她便因车祸永远离开了人世。这是三年前的事。

珍妮弗的故事使我的参观已不再是一般性的浏览,我仿佛是去纪念馆与等在那里的一个陌生而又熟悉的犹太女孩子见面。

纪念馆门前排着长长的队伍,参观者中有犹太人,也有成批的少年和旅游者,以及推着童车的年轻母亲们。参观是免费的,却有时间限制,一张门票的参观时间是两小时。但对贵宾是例外的,我和陈先生持有纪念馆赠送的贵宾卡,如果愿意,我们可以在这儿呆一整天。

一层层展厅以暗灰色背景为基调,展品中有许多波兰政府赠送的实物:纳粹押送犹太人去奥斯维辛集中营的火车车厢;焚烧犹太人的黑色焚尸炉;专为解剖犹太儿童的器械和捆绑他们的小床……最令人发指的莫过于那堆积如山的皮鞋了,这男人的、女人的、孩子的互相掺和起来的破旧皮鞋,几十年过后仍然顽强地显示着鞋主人的脚形,这些脚形诉说着他们生命的历程。也许它们原本应该和主人一起走进焚尸炉的,德国人为什么要集中起这些鞋,他们要拿它们去做什么?还有头发,苏联军队在奥斯维辛集中营找到的犹太人的头发,共有一万五千磅之多。原来纳粹收集这些头发是以低价卖给德国商人,用来制作拖鞋和床垫的填料。此刻这些男人的短发发团、女人的长发发饼、男人女人混合着的发絮波涛一般在一个长达十余米的地段汹涌着澎湃着。当你面对这头发的海洋,比你站在焚尸炉前对犹太民族所经历的苦难有更加强烈的身临其境之感。这头发的海洋似乎把我在大屠杀纪念馆的参观推向了一个触目惊心的极致。也许只有看到头发,你才会真正懂得人类为什么要反对战争。战争不仅仅是刀戎相见,战争还会使一部分人居然可以任意地去薅另一部分人的头发。关于鞋和头发,我将在另外的文章里叙述。现在我要写的是寻找珍妮弗。

我和陈先生终于来到纪念馆的最下层。这时眼前豁然开朗,是那满墙色彩斑斓的儿童绘画把观众从地狱带回人间的春天。这便是从三万多张作品中挑选出来的那些画了,孩子们按照统一规格,在二十公分见方的白色瓷砖上作画,然后由纪念馆精心把它们镶嵌在长达三十多米的展壁上。我细心地数过,瓷砖共有三千零七十二块。我这才发现,要从三千多张小画中找出珍妮弗的作品的确不是件容易的事,何况艾伦也没有向我们提供珍妮弗画面的内容和它的大概位置。但我和陈先生还是满怀信心地开始了我们的寻找。

因为寻找珍妮弗,使我得以认真地欣赏每一张作品,那是一些充满同情、爱意与呼吁和平的画面,一些诅咒战争、让惨无人道的杀戮"STOP""STOP"的画面。那真是一面阳光灿烂、天真温暖的墙壁,任何一个大人仿佛都无法面对这些幼稚的然而又强大无比的孩子的呼吁。在这些画中,我们找到了七八个名叫珍妮弗的孩子。但她们不姓布雷拉克。

我们再从头开始。

我们一次又一次从头开始。当我们实在难以看清接近屋顶的那些画上的签名时,我甚至产生过向馆内工作人员借把梯子的想法。

一位坐着轮椅的银发老妇人把摇椅摇到我们跟前,她说她已经看了我们半天,她想知道我们在寻找什么。我们讲了珍妮弗的故事,老妇人告诉我们她也是犹太人,然后她戴上花镜,把轮椅在画前摇过来摇过去,和我们一块儿找起来。

我们在这里找了近两个小时,仍无结果。此刻午饭时间已过,而下午我还要赶赴一所大学。陈先生建议我不妨先去吃点东西回来再找。在馆外,我们一面粗糙地吃着三明治,我一面提议陈先生给艾伦打个电话,详细询问珍妮弗那幅画的位置和画面特征。陈先生响应了我的建议,小跑着去给艾伦打了电话。在艾伦的提示下,我们终于找到了珍妮弗的作品。珍妮弗的画画面简洁、颜色单纯:一颗淡黄色的象征犹太民族的六角大卫之星被纳粹的黑色铁丝网缠住了,宛若一个孩子对噩梦的想象。签名很小很小,像黄星照耀下的几个小豆粒:珍妮弗·布雷拉克。

我站在珍妮弗的画旁,伸手指向那颗象征犹太民族的吉祥的大卫之星,请陈先生为我拍了一张照片。后来每当请人看照片时,我必得把这个故事讲一遍,因为我在美国两个月拍摄的照片中,这是最有故事可讲的照片之一。

第二天当我与艾伦见面时,她紧紧地抱住我说,她事先没有仔细讲明那画的内容和位置,是因为她实在没有想到我对这件事会是这样认真。她含着热泪说:"我是多么感谢你!珍妮弗是多么感谢你!"

也许我们都应该感谢珍妮弗,感谢珍妮弗给了我一次寻找的机会。虽然不是珍妮弗把我领进了这座纪念馆,却是珍妮弗把战争与和平、把爱与恨衬托得更加具体了。

我们寻找珍妮弗,是因为珍妮弗永远离开了我们;我们寻找珍妮弗,是因为珍妮弗永远和我们在一起。

1995 年 9 月

想起阿尔那张床

我见到凡·高的油画原作《凡·高在阿尔的卧室》，是在芝加哥艺术博物馆。像历史上许多真正的画家那样，法国后期印象派的大师们，也为我们所生存的这个世界留下了大量艺术珍品。那张"卧室"则是被后人公认的一张。

那是凡·高在法国南部小城阿尔租赁过的房子，人称黄房子。一张粗笨、简朴的木床占据了卧室的主要部分。凡·高在那里生活窘迫，创作狂热，度过了近十五个月。那张床及床周围的环境，真实记下了当时的一切。躺在那张床上，凡·高渴望被人理解，理解自己的艺术，理解自己的内心世界。他最渴望的莫过于好友——后期印象派另一位画家高更的到来了。为了迎接也正在贫病交加中的高更，他用其弟每月接济他的仅够糊口的法郎，热忱地为高更准备了一切，包括一张远远好于他那张床的胡桃木床。他希望高更住下来同他一起探索艺术，享受友谊。

高更来了。但凡·高并未如愿。为什么？为了争论，为了艺术家必不可少的争论。开始是彼此可以容忍的争论，继而则不能忍让。高更劝凡·高冷静地去描绘，而凡·高却大嚷着要

"狂热地画"！并指着窗外的葡萄园说："高更，留神！那些葡萄就要胀裂，把液汁直喷进你的眼睛！"再后来，他们如同两个异性电极，一碰就炸。而当他们争论得精疲力竭，两人的头脑又似放了电的电瓶。之后，烟草和苦艾酒又会将他们的争论再次引向高潮。阿尔天翻地覆了。高更骄傲地离去，凡·高不久也结束了自己的生命。黄房子空了。

并非争论使他们成为朋友又成为同一画派。因为他们是同一画派，才产生了友谊，也才产生了你死我活的争论。

艺术家之间的争论，不是自他们始，也没有以他们告终。比如那些美术学府里的画室制，由于画室领导人艺术主张的差异，致使一个画室仿佛就是为了反对另一个画室而存在。隔壁的事，他们往往既陌生又忿忿然，但在美术教学方面，画室制却成了大多数国家公认的好经验。

"百家争鸣"，百事俱兴。前提是争鸣的气氛。"百家"得以存在，本身就是一个时代广博、自由的象征。争鸣便少不了各抒己见，少不了争论。被人称作后期印象主义的才只三五人，他们的艺术主张又是那么接近，但争论却是那么激烈地持续着，致使许多人认为凡·高的短命和高更的到来有关。然而我依旧认为，阿尔的那场争论正是他们锋芒毕露、艺术成熟、共同揭竿而起、超越印象主义的信号。他们各自所持的艺术见解均付诸事实了，地球上留下了他们争论着的功绩。

我不具备争论的天才，却也同人有过争论。那次开会，我和山东作家张炜为了一个现在看来微不足道的问题争论过。在座的还有李杭育、乌热尔图、郑万隆。我记得我的观点是他们共同反对的。当我最终不能用逻辑严谨、明白晓畅的理由说服他们时,我便拍床,并摹仿张炜的山东口音。其实,我那举止不过是一种任性,一种资本的不足,一种小气。

然而争论本身毕竟使我兴奋,因为同行们的见解衬托出了我学识的浅陋,我获得了益处。我相信碰一鼻子灰也比没有鼻子好。

艺术在争论中繁荣、发展,倘若将它变为人身攻击,该多么令人遗憾。假使人们为了击败对方的艺术见解,不惜去诅咒上帝赋予他的不可改变的那些部分(包括他的口音和他观点以外的其他);假使人们为了击败对方,不惜否认自己本来承认的观点,我以为这便是对"百家争鸣"的亵渎,是艺术繁荣的悲剧。假使凡·高被高更气昏了头便去嘲笑高更那根"从左眼一直落到右嘴角的大鼻子",我便不会在"那张床"前停留那么久。但是高更却信口污蔑凡·高亲手为他烧制的汤,说那汤简直是用坏颜料调和出来的东西。他消遣着凡·高,不珍惜凡·高对他的友谊,并有意刺伤他。为此,张承志曾骂骂咧咧地对我说:"高更那小子真他妈不是东西。"

虽然两位画家都为后人留下了可观的精神财富,虽然我喜欢高更的绘画并不亚于喜欢凡·高的绘画,但每每想起阿尔那张床,我便记起了张承志那句骂骂咧咧的话:高更那小子……

每个人都有权利去评判历史为我们留下的一切,骂凡·高的人也不一定比骂高更的人少。但是我却觉得,高更用生命去爱绘画,用生命的闲暇去爱其他;凡·高则用生命去爱一切。也许这不完全是高更消遣了凡·高的全部原因,可是高更走了,阿尔的另一张床空了。尽管画面那张床上永远并排安放着两只枕头,但凡·高的渴望终未得到回应。

美术尚且如此,谁能设想文学能被纳入一种样式？文学家自己更无须给自己正在探索着的一切,断言分配出等级。我们每天看到的太阳才是宇宙天体中星球之一。其实许多星星都远远大于太阳本身,只是距我们遥远罢了。近大远小,是透视学的一种规律。

凡·高的弟弟(一位艺术鉴赏家)曾劝告初到巴黎的凡·高不要摹仿别人,说在巴黎能摹仿早期印象派的画家起码有五百人。凡·高悟出了这个道理,他走了,带着他早些年在博里纳日阴湿的煤矿里炼就出的"蒸土豆精神",带着他对土地、对劳动和劳动人民的厚爱来到阿尔。在阿尔火焰般的阳光下,他找到了自己的太阳——表现生活的独特手段。你看画面上那些果子的果汁不是就要把果子撑开吗？果核中的种子也仿佛正在为结出自己的果实而努力;丝柏就像永远点燃着的火炬;深谷、耕地、麦田、小车、房子、马、向日葵和太阳全都随着一个节奏在跳舞。那是凡·高的节奏。

凡·高在阿尔的那张床从来就没有安静过。

1985 年 10 月

安格尔在过街通道里

每个具有一定规模的城市,都有一些过街通道。S市也有。在S市一条靠近火车站的通道里,穿梭着南来北往的人。他们或赶车,或下车,走得急,行得快,若没有什么人和事吸引,他们会在这光线不明的通道内一闪即逝。然而他们停了下来:这里正左顾右盼地集结着一些人的小小的团块。是什么吸引住了他们?是一些不便在光天化日之下出售的商品。比如不发火的打火机,做工粗糙的太阳镜,出处不明的石英表(却金光闪闪),还有一些半老和不老的女人。

女人们站在这里不是为着出售自己,她们卖书。她们卖书,买主乍一看却不见她们身前身后有书。书在哪里?书在她们身上。

我曾经和一位调查书刊市场的男性记者从这通道穿过,记者走到一个女人跟前,硬装出些神色紧张地问:"有书吗?"女人打量了一下记者说:"要什么样的?"记者得到女人的反问,装出神色更加紧张地说:"要好看的。"说着,观察着女人的反应。这女人不老,脸色黝黑,领口敞着,宽阔的胸脯支起一件不干净的背心,使人觉得那里准能藏住该藏匿的一切,而那里窝藏的才真正"够味儿"。在更谨慎地环顾了四周之后,这女人便从胸口"刷"地抽出一本。记者接过看看:《性,是必需的吗?》那"性"字虽被这本书的装帧家设计得要比其他五字大出十倍八倍,但,这是一本严肃的生理知识小册子,出版单位也大而光明。我记起,这本小册子在国营书店、阳光下的书亭到处可见。于是记者对那女人做些不屑神情说:"这书,满世界都是。"

又上来一个女人,领口敞得更开,胸上连背心都不裹,说:"有好的,敢看吗?"记者说:"看的就是不敢看的,有吗?"

这后来的女人在环顾四周之后,显出些诡秘地说:"这半天就是专等你哪!"说时迟那时快,她一手裂怀,一手早已伸入胸窝,掏心窝子一般地掏出一个小纸匣。我和记者都觉出了那是一匣扑克。

记者说:"许可打开看吗?"

女人说:"看了就得买。"

记者说:"必须是真的。"

女人说:"真的就假不了。"

记者说:"打开呀。"

女人再次对四下里作了张望,觉出这"买主"的"热望"也被彻底勾起,才侧身遮住纸匣,匣子的小抽屉被拉开了一半。嗬,还真有些来头呢——一个女人丰硕的大屁股。记者"来了情绪",说:"能多拉开一点吗?"小抽屉又被拉了一小点,一个光润的脊背也呈现出来。

记者说:"再看一张。"

女人探下身子,也尽量使记者把身子探下去,如魔术师一般竟然翻开了第二张。嚇,那不是女人的私处么!

记者装作掏钱,掏掏,停下又说:"我亲手翻翻行吗?"

看来女人是确信了这位"买主"的"诚意",竟将这小匣子交给了记者,只示意他将身子再弯低些。记者把身子弯成九十度角,肚子疼般地一张张翻看着。却原来这第一张是安格尔的名画《土耳其浴室》,那露出私处的第二张便是他的另一幅名作《泉》。接下去是戈雅的《裸体的玛哈》,莫迪利阿尼的女人肖像,甚至还有波提切利的《维纳斯的诞生》,只是被印刷者做了些截取而已。

记者说:"我不要了。"

女人激动起来,信手夺过那小匣子,显出立刻要上去和记者撕扯的架式说:"没门儿,你看了。"

记者说:"看是看了,可你这不是真的。"

女人说:"怎么不真?前头后头都有,就差点儿热乎气儿了。"

记者说:"这是世界名画。"

当女人再次用愤懑的眼光寻找记者时,记者和我早已远去。

一场不成交的交易结束了。但是,总有些交易要成交的,那成交的买卖恐怕还不在少数。凭着这通道里的氛围,凭着这女人胸脯支着的背心和没有支背心的胸脯,凭着她们环顾四周时故意做出的诡谲表情,以及她们"掏心窝子"时的慷慨和挑衅神态……她们用种种不健康的表演在昏暗的通道内兜售着人类那些健康、优秀的文化,强行为这些文化蒙上不洁的暧昧色彩,迎合着、刺激着——甚至蒙蔽着那些喜爱窥视不洁和暧昧的读者的心。很多时候,这种方式的出售,往往比安格尔们堂皇地摆在书店货架上出手要快,获利也大得多。这真是一种不担风险的哗众取利呢。

1992 年

我在奥斯汀请客

中国人请客,比较注重菜肴的多种多样和态度的谦虚热情。在朋友家中或者酒店、饭馆的宴席上,东道主频繁劝客的语言里常有这样的话:"没什么好吃的,大家凑合着吃吧"或者"菜不好,饭吃饱"这样的有些南方人喜欢的客套。而你的眼前其实正摆满远远超过你的食量的美味。虽说上述劝客语言确实表现出我们那稍显夸张的自谦美德,但若较起真儿来,就不免听着别扭,叫人怀疑主人的诚意究竟有几分,或许你还会由此意识到原来你是一个被人敷衍了的角色。多心的人就能更进一步想到这大约是公款请客,花着公家的钱好比掰着自己不疼的牙,话说出口才那么随随便便。我想也许这的确是一种随便:主人轻易就否定了自己的一片待客热诚,客人便也不再对主人的请客怀有感谢的心境。而且场面越是豪华,菜肴越是丰盛,主客彼此仿佛就越是心不在焉。盛宴散尽,席面上满是吃不完的佳肴,而我们浪费的仅仅是粮食么?于是在对待吃的态度上,看似郑重的请客者与被请的人实际都欠缺了几分郑重。

春天访问美国时,我曾在芝加哥附近的一个农场主家里住过。男主人黑尔斯先生经营着一片规模不大的牧场,饲养肉牛和马。黑尔斯夫妇年逾七十,他们自愿接待我这个来自中国的作家。黑尔斯太太亲自照料我的一日三餐,每一餐虽说只有一个主菜,但每道主菜都别具一格。她告诉我,她烤的牛肉饼就是选用他们养的肉牛最嫩的部位,而佐餐的又甜又脆的葱头是从佐治亚州运来的,那儿的人吃起这种葱头就好像吃苹果。每日的早餐我都能吃到黑尔斯太太亲手酿制的枫树糖浆和苹果汁,这两样东西甜蜜、清香,黑尔斯太太对我说,它们的原料就来自房前的枫树和屋后的苹果树。这一对老夫妇并不善言辞,他们讲解这些东西的语言,正如同我每餐吃到的菜肴那样,美好、新鲜、简洁而又实际。他们从不说自己的菜不好,也不曾劝我"凑合着吃"。他们的朴实和诚恳使我对眼前的食物自然地生出珍惜之情,我以好的心情和好的胃口,每一次都把盘中餐吃得干干净净。

在得克萨斯州的奥斯汀,我在本城犹太会堂的拉比(牧师)费尔斯汀先生家里遇到了类似的情景。当我作为被邀请的客人住在费尔斯汀先生家时,我受到了费尔斯汀夫妇和他们的儿子戴维的友好款待。在这儿,不仅费尔斯汀太太在厨房为我操劳,有一个早晨,费尔斯汀先生竟然很早起来,站在炉前守着煎锅,给我制作一种松软可口的小甜饼。戴维告诉我,吃时如果在小饼上抹点蜂蜜,撒些肉桂粉,味道就更不一般了。我确实认为费尔斯汀先生的小饼不同一般,我看重的是他的心意和为此付出的劳动:用一个早晨的时间,站在炉前煎五十个纸一样薄、茶杯口一样小的甜饼,并不是每一个家庭都乐意这么做的。

我很想用请客的办法来表达我对费尔斯汀先生一家的感

激,我说出了我的想法,并告诉他们我不熟悉这座城市,请他们帮助我选择一下餐馆。费尔斯汀一家并没有过分推辞,他们非常高兴地接受了我的邀请,接着全家人便坐下来替我选择餐馆。他们为这件事讨论了很长时间,我觉得那时间的长久和他们神情的郑重不亚于中国一些重要部门的决策性会议。最后他们终于做出了决定。

中午,我们来到一家名叫贝尔特的风味烤肉店,费尔斯汀先生向我解释说,这家烤肉店虽然规模不大,经营的品种也不多,但在奥斯汀名气却不小,它的得克萨斯风味的烤肉特别受欢迎。我们走进店去,站在柜台前各自选择自己喜欢的东西。"贝尔特"的经营方式是半自助式,类似"麦当劳"那样的快餐店,因此我甚至连小费也不必付。结果是我的这次"宴请"只花了十七美元。当我和费尔斯汀一家坐下来品尝那味道浓郁、质地鲜嫩的烤肉时,我忽然明白了费尔斯汀一家为什么会花费那样长的时间讨论餐馆。他们是多么礼貌——他们没有为我选择快餐店;他们是多么善意——他们又不忍心让我多花钱;他们是多么周到——他们一再让我知道"贝尔特"是一家很好的店。"贝尔特",它也许真的不错,选它作为我请客的地点,包容了费尔斯汀一家对我的全部心意。

午餐结束时,费尔斯汀全家郑重地向我表示感谢,费尔斯汀先生说:"你知道吗,以后每当我们路过贝尔特就会想起你,我们会对人说:这就是铁凝请客的地方。"费尔斯汀先生这种亲切、幽默的感谢方式令我很受感动,我感动是因为在人类情感日益粗糙的今天,费尔斯汀一家能够这样细致、专注地欣赏别人的好意。

虽然我在奥斯汀请客只花了十七美元,但我的收获却远非金钱可以计算。黑尔斯夫妇和费尔斯汀一家让我体味了对待吃饭那真正的郑重态度,那是一种钱和排场以及过分的自谦都无法代替的郑重,它本是人与人之间融合感情的一种美妙途径。

1995 年 9 月

在纽约逛旧货市场

希尔顿饭店位于纽约曼哈顿繁华的五十三街,我和我的翻译陈先生从华盛顿到达纽约后,被安排住在这里。这个四星级饭店有一种漠然的古典豪华气派,但我并不喜欢这儿。这儿的房租是我在美国住过的饭店中最贵的,每日一百四十美元。我被告知因为我是贵宾所以才需住在相应级别的饭店,并付这个价钱的房租。又因为我是贵宾,当我在前台登记之后,还从一个面孔冰冷的黑人服务小姐手中,接过一个该饭店赠送的系着缎带的大礼品盒。回到房间我打开盒子,里面不过是些小包装女用化妆品:几粒精华素啦,一小支牙膏啦,还有泡沫浴液、面膜、洗面乳等等。与其说这是给贵宾的礼物,不如说是厂家通过希尔顿这样的大饭店在向顾客推销他们的产品。冰冷的黑人服务小姐和这些华而不实的面膜、浴液,都令我不愉快。陈先生与我颇有同感,他说他知道附近有一家华人开的酒店名叫阿灵顿,很干净,价钱也合理,我们何不与那里做个联络?当即他就给阿灵顿酒店打了电话,巧得是那儿正有两个空房间,每间房租七十美元。第二天吃过早饭我们便整理行装辞别"希尔顿"前往"阿灵顿"。在电梯里遇到两位老妇人,我们笑着互问"Morning",其中一个老妇人对我们说,"真难得在纽约这样的空气里看见你们这两张快乐的生气勃勃的脸!"

阿灵顿酒店在二十三街,房间整洁实用,出门后交通也方便。它的对面是一座南斯拉夫教堂,不远处便是人尽皆知的帝国大厦。当世贸中心那两座筷子样的建筑没有出现之前,帝国大厦便是纽约的象征。南斯拉夫教堂西侧是一个多用小广场,平时它是停车场,星期六和星期日则成为露天的旧货市场。这天正好是星期六,我和陈先生正因搬到理想的酒店而心怀喜悦,便商量好步行到这儿逛市场。

这个旧货市场的摊主们主要经营古玩、银器、铜器、旧书、旧画、旧家具以及品质可疑的珠宝首饰等等。迎合着世界性的怀旧心理,这儿的有些旧货往往不比店里出售的新东西便宜。今天这儿很热闹,大约有二百个摊位,每个摊位租金是五十五美元。星期日是七十美元。我来到一个卖铜烛台的摊主跟前,给他和他那形态各异的一片烛台拍照。他不失时机地送给我一支白色康乃馨,并向我兜售他的烛台。我说太贵了我买不起,他问我:"你是个学生么?"我说我是作家。他乐了,说他也是个作家,写科幻小说,向往过去和将来,一本书写了好几年了到现在也没写完,说他还会继续写下去,说坐在一片旧货之中有助于他对小说的思考。我认为他说得不错,却终未买他的烛台。他并不在意,还告诉我最近纽约又开了几处这样的露天市场,他建议我不妨去转转。

又有一片崭新的银器吸引了我,这些摊位的摊主大都来自俄罗斯,他们的银器出自俄罗斯灵巧的银匠之手,很新,很华美,很贵,一只镂花银咖啡壶要价二百五十美元,等于我从华盛顿到纽约的机票。我只能望壶兴叹。一个俄裔犹太女摊主撺掇我买她的一只银烟碟,当她得知我是作家,还跟我大谈俄罗斯艺术。照她的观点,十九世纪的俄罗斯艺术远远高于二十世纪,到了现在已是停滞阶段,"人没了艺术还有什么意思?"她对我说。她还说现在俄罗斯问题太多,中国也有中国的问题,就是人多。我看着她那双粗糙的手,指甲黑黑的,很感慨就这么一位黑指甲的卖银烟碟的犹太女人,能对艺术发半个小时议论。我也没买她的货,我是个吸烟的强烈反对者。

陈先生对我感兴趣的东西一概不感兴趣,他感兴趣的是书,在一个个旧书摊上翻个不停。我知道他或许是在寻找与英国十八世纪哲学家伯克有关的书,他正在做关于伯克的研究。最后我陪他来到一个文质彬彬的摊主跟前,我们得知这摊主是位大学教授,在大学教英国文学和哲学,每星期一至星期四上课,星期六和星期日来这里租摊位卖书。教授说他卖的书都是他多余的,喜欢的一概不卖。有时他也从别的教授手中买他们没用的书然后再拿出来卖。我问他,您作为大学教授出来租摊位卖书不难为情么——比如您的学生如果正好在这儿碰见您。他睁大眼睛说:"那有什么关系?这是我高兴做的事。我的学生如果高兴,我愿意跟他合伙儿卖。"教授把我们说乐了。

陈先生也参加着我们的聊天,但他的注意力更多地集中在眼前的书上。后来他竟然真的找到一本与伯克有关的书——伯克友人回忆伯克之类吧。陈先生翻开书的扉页,见摊主在上面用铅笔标了五美元,便拿出五美元递给教授。教授说:"我想两美元卖给你。"

陈先生说:"那怎么可以,还是五美元吧。"

教授说:"我只想要两美元。"

陈先生说:"我应该付五美元。"

一时间,两人竟为书价"争执"不下。最后,这教授干脆说:"我一美元也不想要你的了,请让我把这本书送给你,我知道你非常喜欢它。"陈先生十分感谢教授的好意,两人当即还互留了电话。

下午五点左右,摊主们纷纷收拾东西准备回家,教授也将他的书装入纸箱搬进他的汽车。我不知他今日赚了多少钱,是否赚回了他的摊位租金,但他有一个收获我肯定没有猜错,那就是将陌生顾客喜欢的一本书送给了那陌生的顾客。

天色已晚,夜幕下帝国大厦的灯光把它自己照耀得几乎通体透明。往昔的威严已然消失。神秘的浪漫风貌还能引人遐想。我在亚特兰大曾看汤姆·汉克斯(《阿甘正传》主演)主演的《西雅图失眠》,它描绘的便是以帝国大厦为核心的一个浪漫爱情故事。浪漫的爱情或许是全人类不衰的主题,但我怀疑在纽约这样的城市,在冷漠、空洞的希尔顿饭店和高不可及的帝国大厦这样的地方,当真能产生浪漫爱情么?——是爱情,不是肉欲。相反,在帝国大厦俯视之下的这嘈杂的旧货市场,倒是有点儿活人的气息。这儿有谎言,有欺瞒,有云山雾沼的闲扯,但也有陌生人之间相互奉送的好意。

1995 年 11 月

我的小传

二十二年前的二十四小时
一个人的热闹
母亲在公共汽车上的表现
我们与保定
真挚的做作岁月
我的小传

二十二年前的二十四小时

一九七六年初秋的一天上午,我正在河北博野县张岳村第十生产队干活儿,好像是在棉花地里喷农药,地头一个推自行车的社员、我的乡村好友素英对我高喊着:"铁凝,你看看谁来啦!"我向地头望去,见一个身穿红黑方格罩衣的小女孩站在素英身边正对我笑,是我妹妹。这个小学五年级女生,就这么突然地、让人毫无准备地独自乘一百多华里长途汽车,从我们的城市来村里看我了。

张岳村离县长途汽车站还有八华里,我妹妹下了汽车本是决心步行八里独自进村的,路上正巧碰见进城办事的素英,素英便用自行车将她带回了村。

我走到地头,望着我妹妹汗津津的脑门和斜背在身上的鼓鼓囊囊的军用挎包,我想这是一个多么胆大的人哪,而我的父母居然能够同意她独自一人出远门。我妹妹对我说,没有素英的自行车她也能找到张岳村,她已经听我说过许多遍这村的位置了——城东八里。我妹妹还告诉我,她身上的挎包里都是带给我的好吃的,她要看着我吃好吃的,然后和我玩一天——她说她就是来和我玩儿的。

我和我妹妹已经半年多没见面了,春节离家回村时,她抱住我不放她走,坚决要求为我把票退掉。那是我插队之后回城度过的第一个春节,和村里潮湿的凉炕、苦涩的干白菜汤相比,我实在不愿抛开家里的温暖:干净明亮、琐碎踏实的一切,还有我那与我同心同德的妹妹。当我一次又一次买回返村的长途汽车票时,是她一次又一次毫不犹豫地为我退掉。对于退票,开始我的态度是半推半就,有点矫情,有点阿Q,好像我本是要走的,是我妹妹她偏不放我离开呵。到了后来,便是我主动请求我妹妹了:"你能不能给我再退一次票?"那时我妹妹先是一阵欢呼,然后从我手里夺过票,眨眼之间就奔出了家门。在家的日子一天天拖下去,暗算一下,原来我妹妹已经为我退了八次票。这个春节的八次退票,是我和我妹妹之间的一个小秘密。所以没有第九次退票,是因为我想到了我的知青副组长的身份,虽然乡村并无部队那样严格的纪律,可也不能超出返村的日期太久。

现在我妹妹来了。目的单纯而又明确——和我玩一天。可是我正在干活儿啊,我的农药还没喷完呢。我怎么能在这广阔天地里,在这大忙季节和我妹妹"玩"一天呢。那时的我们,本能地提防这个"玩"字。社员们都围拢过来了,这群善良而又乐观的人,在那个禁玩的时代,他们是依然懂得人情世故、家长里短的人。他们要我放下喷雾器领我妹妹回知青点,他们说,这老大一片地,不缺你这一半个劳动力。谁知他们越是劝我,我越是不肯离开,仿佛在逞能,又好像要利用我妹妹到来这件事接受考验:看看我的大公无私吧,看看我革命的彻底性吧,看看我铁心务农的一片赤胆忠心吧……我把我妹妹扔在地头,毅然决然地在棉花地里干到中午收工。

当我领着我妹妹回到村里的知青点时,她已经有些不高兴了,一遍又一遍地问我:为什么你不跟我玩儿呢?为什么你不跟我玩儿呢?我只是反复对她说,我太忙了。在知青点食堂吃过午饭,我们刚回到宿舍就下雨了,我妹妹期待地说,下雨了你们就不出工了吧。我说是的,不过我们要开会,我们一向利用下雨的时间开会。我妹妹气急败坏地说,我来了你还开会啊!我训导她说这是在村里不是在家里,你应该懂事。我妹妹悲哀地说早知道这样我才不来看你呢。我说好了别耍小孩脾气,现在你先躺在炕上睡个午觉,你不是没有睡过炕么。

这个下雨的中午,我们十几个知青集中起来开始在食堂里开会,我心乱如麻。我多么希望这会快点结束,好让我有空陪陪我妹妹,可乡村里的会议都是漫长而缺乏实效的,我们的会议也不例外。会开了近两个小时,又有人开始读报——一篇很长的社论。这时我发现我妹妹站在门口。她挑衅似的冲着我们全体、也冲着我说,要我陪她出去玩儿。她这种不管不顾的态度使我有点下不来台,我跑到门口把她领出门去,我说开不完会我就不能和你玩。我妹妹说你开完会就再也看不见我了!我并不重视我妹妹的气话,只一心想着怎样保持自己在众知青中的形象,让大家看看我并不是一个因家人来探亲就不顾集体的人啊。于是我坐得更加安稳,甚至当主持者宣布散会时,我还故意要求再读一段报纸。

会终于散了,我回到宿舍发现妹妹不见了。这时我才真的害怕起来:天下着雨,她能到哪儿去呢?我披上雨衣就跑上了街,同院知青也随后帮我去寻人。

我们找遍村子又找出村子,最后在旷野上,我看见一个朦胧的小红点在跳动,那就是我的妹妹,她正向县城的方向跑着。我大声叫着我妹妹,她在雨中大步跑得更快了。当我就要追上她时,她又钻进了一片玉米地。我也钻了进去,一边拨开茂密而又刺人的玉米叶,一边央求她跟我回村,并答应从现在开始就和她玩儿。她的头发和衣服都被雨淋湿了,却头也不回地跑着,边跑边报复似的大声说:"我要揭发你八次退票的事!我要揭发你八次退票的事!"那个时代的孩子都会使用"揭发"这词的。

我追赶着我的妹妹,心想我是多么应该被揭发啊,和我妹妹的仗义、真挚相比,我是多么自私自利,虽然我是那样的"大公无私"。玉米叶划破了我的手脸,我想它们也正刺伤着我妹妹的皮肤。我哭起来,我妹妹就在这时停住了脚,是我的眼泪使她妥协了。我把雨衣披在她身上,拉着她出了玉米地。我的知青战友们也赶到了,素英听说我丢了妹妹也骑车从家里赶了来。她不由分说把我妹妹放在车大梁上带着她就走,她说她回家要给我妹妹烙白面饼煎腊肉。

这晚我妹妹在素英家领受了贵宾的礼遇:素英一家将她围在炕上,给她说笑话解闷儿,她喝了姜糖水祛寒,吃了平时农家很少动用的白面烙饼卷腊肉。不幸的是吃喝完毕她便发起高烧说开了胡话,万幸的是素英急中生智从隔壁请来一位会扎针灸的老汉。这老汉上得炕来,先照着我妹妹的脑门吐了一口唾沫,然后从怀中一个脏污的布包里抽出一根粗长的大针,照着那唾沫处猛然就扎。这一切是如此地迅雷不及掩耳,让你来不及怀疑恐惧和哭。可是奇迹发生了,我妹妹渐渐安静下来、安睡过去,第二天清晨她居然退了烧,又是活蹦乱跳的一个人了。

我骑着自行车把我妹妹送到县长途汽车站,送上回家的车,她上车时正是头天素英带她进村的时间,整整二十四个小时。这乱糟糟的二十四小时让我心里很难过,却不知该对我妹妹说些什么。她倒很豁达,隔着车窗对我挥挥手说:"放心吧,我什么也不会告诉爸妈!"

二十二年过去了,我们早已长大成人,她也去了美国。我从来没有为那年秋天的二十小四时向我妹妹说过"对不起",我知道"对不起"这三个字用在亲人身上是多么没有分量。

今天是五月二十八日,我妹妹的生日。她从美国打来电话,我问她还记得那位乡村老汉给她扎针吗,她在电话里大笑着说:"我一直觉着他那口唾沫到今天还在我脑门上哪!"

一个人的热闹

读新凤霞写的回忆录,时常觉得有趣。比如她写过一把小茶壶,好像说那是跟随她多年的心爱之物,有一天被她不小心给摔了。新凤霞不写她是怎样伤心怎样恼恨自己,只写不能就这么算了,"我得赔我自个儿一把!"后来大约她就上了街,自个儿赔自个儿茶壶去了。

摔了茶壶本是败兴的事,自个儿要赔自个儿茶壶却把这败兴掉转了一个方向;一个人的伤心两个人分担了——新凤霞要赔新凤霞。这么一来,新凤霞就给自个儿创造了一个热爱生活的小热闹。

我觉得,能把一个自己变作两个、三个乃至一百个、一万个自己的人原是最懂孤独之妙的。孤独可能需要一个人呆着,像葛丽泰·嘉宝,平生最大乐事就是一个人呆着。想必她是体味到,当心灵背对人类的时刻,要比在水银灯照耀下自如和丰富得多。又如海明威讥讽那些乐于成帮搭伙以壮声威的劣质文人,说他们凑在一起时仿佛是狼,个别的揪出来看看不过是狗。海明威的言词固然尖刻,但他的内心确有一种独立面对世界的傲岸气概。令我想到孤独并非人人能有或人人配有的。孤独不仅仅是一个人呆着,孤独是强者的一种勇气;孤独是热爱生命的一种激情;孤独是灵魂背对着凡俗的诸种诱惑与上苍、与万物的诚挚交流;孤独是想像力最丰沛的泉眼;而海明威的孤独则能创造震惊世界的热闹。

母亲在公共汽车上的表现

这里要说的是我母亲在乘公共汽车时的一些表现,但我首先需交待一下我母亲的职业。

我母亲退休前是一名声乐教授。她对自己的职业是满意的,甚至可以说热爱。因此她一开始有点不知道怎样面对退休。她喜欢和她的学生在一起;喜欢听他(她)们那半生不熟的声音是怎样在她日复一日地训练之中成熟、漂亮起来;喜欢那些经她培养考上国内最高音乐学府的学生假期里回来看望她;喜欢收到学生们的各种贺卡。当然,我母亲有时候也喜欢对学生发脾气。用我母亲的话说,她发脾气一般是由于他们练声时和处理一首歌时的"不认真"、"笨"。不过在我看来,我母亲对学生的发脾气稍显那么点煞有介事。我不曾得见我母亲在课堂上教学,有时候我能看见她在家中为学生上课。学生站着练唱,我母亲坐在钢琴前弹伴奏。当她对学生不满意时就开始发脾气,当她发脾气时就加大手下的力量,钢琴骤然间轰鸣起来,一下子就盖过了学生的嗓音。奇怪的是我从未被我母亲的这种"脾气"吓着过,只越发觉得她在这时不像教授,反倒更似一个坐在钢琴前随意使性子的孩童。这又何必呢,我暗笑着想。今非昔比,现在的年轻人谁会真在意你的脾气？但我观察我母亲的学生，他们还是惧怕他们这位徐老师（我母亲姓徐）。他们知道这正是徐老师在传授技艺时没有保留没有私心的一种忘我表现，他们服她。可是我母亲退休了。

我记得退休之后，我母亲曾经很郑重地对我说过，让我最好别告诉我的熟人和同事她的退休。我说退休了有什么不好，至少你不用每天挤公共汽车了，你不是常说就怕挤车么，又累又乏又耗时间。我母亲冲我讪讪一笑，不否认她说过这话，可那神情又分明叫人觉出她对于挤车的某种留恋。

我母亲的工作和公共汽车关系密切，她一辈子乘公共汽车上下班。公共汽车连接了她的声乐事业，连接了她和教室和学生之间的所有活动，她生命的很多时光是在公共汽车上度过的。当然，公共汽车也使她几十年间饱受奔波之苦。在中国，我还没有听说过哪个城市乘公共汽车不用挤不用等不用赶。我们这座城市也一样。我母亲就在常年的盼车、赶车、等车的实践中摸索出了一套上车经验。有时候我和我母亲一道乘公共汽车，不管人多么拥挤，她总是能比较靠前地登上车去。她上了车，一边抢占座位（如果车上有座位的话）一边告诉我，挤车时一定要溜边儿，尽可能贴近车身，这样你就能被堆在车门口的人们顺利"拥"上车去。试想，对于一位年过六十岁的妇女，这是一种多么危险的行为呵。我的确亲眼见过我母亲挤车时的危险动作：远远看见车来了，她定会迎着车头冲上去。这时车速虽慢但并无停下的意思，我母亲便会让过车头，贴车身极近地随车奔跑，当车终于停稳，她即能就近扒住车门一跃而上。她上去了，一边催促着仍在车下笨手笨脚的我——她替我着急;一边又有点居高临下的优越和得意——对于她在上车这件事上的比我机灵。她这种情态让我在一瞬间觉得,抱怨挤车和对自己能巧妙挤上车去的得意相比,我母亲是更看重后者的。她这种心态也使我们母女乘公共汽车的时候总仿佛不是母女同道,而是我被我母亲率领着上车。这种率领与被率领的关系使我母亲在汽车上总是显得比我忙乱而又主动。比方说,当她能够幸运地同时占住两个座位,而我又离她比较远时,她总是不顾近处站立的顾客的白眼,坚定不移地叫着我的小名要我去坐;比方说,当有一次我因高烧几天不退乘公共汽车去医院时,我母亲在车上竟然还动员乘客给我让座。但那次她的"动员"没有奏效,坐着的乘客并没有因我母亲声明我是个病人就给我让座。不错,我因发烧的确有点红头涨脸,但这也可能被人看成是红光满面。人们为什么要给一个年轻力壮而又红光满面的人让座呢?那时我站着,脸更红了,心中恼火着我母亲的"多事",并由近而远地回忆着我母亲在汽车上下的种种表现。当车子渐空,已有许多空位可供我坐时,我仍赌气似的站着,仿佛就因为我母亲太看重座位,我便愈要对空座位显出些不屑。

近几年来,我们城市的公共交通状况逐渐得到了缓解,可我母亲在乘公共汽车时仍是固执地使用她多年练就的上车法:即使车站只有我们两人,她也一定要先追随尚未停稳的车子跑上几步,然后贴门而上。她制造的这种惊险每每令我头晕,我不止一次地提醒她不必这样,万一她被车挂倒了呢?万一她在奔跑中扭了腿脚呢?我知道我这提醒的无用,因为下一次我母亲照旧。每逢这时我便有意离我母亲远远的,在汽车上我故意不和她站在(或坐在)一起。我遥望着我的母亲,看她在找到一个座位之后是那么的心满意足。我母亲也遥望着我,她张张嘴显然又要提醒我眼观六路留神座位的,但我那拒绝的表情又让她生出些许胆怯。我遥望着我的母亲,遥望她面对我时的"胆怯",忽然觉得我母亲练就的所有"惊险动作"其实和我的童年、少年时代都有关联。在我童年、少年的印象里,我母亲就总是拥挤在各种各样的队伍里,盼望、等待、追赶……拥挤着别人也被别人拥挤:年节时买猪肉、鸡蛋、粉条、豆腐的队伍;凭票证买月饼、火柴、洗衣粉的队伍;定量食油和定量富强粉的队伍;火车票长途汽车票的队伍……每一样物品在那个年月都是极其珍贵的,每一支队伍都可能因那珍贵物品的突然售完而宣告解散。我母亲这一代人就在这样的队伍里和这样的等待里练就着常人不解的"本领"而且欲罢不能。

我渐渐开始理解我母亲不再领受挤车之苦形成的那种失落心境,我知道等待公共汽车挤上公共汽车其实早已是她声乐教学事业的一部分。她看重这个把家和事业连接在一起的环节,并且由此还乐意让她的孩子领受她在车上给予的"庇护"。那似乎成了她的一项"专利",就像在从前的岁月里,她曾为她孩子她的家,无数次地排在长长的队伍里,拥挤在嘈杂的人群里等待各种食品、日用品一样。

不久之后,我母亲同时受聘于两所大学继续教授声乐。她显得很兴奋,因为她又可以和学生们在一起了,又可以敲着琴键对她的学生发脾气了,她也可以继续她的挤车运动了。我不想再指责我母亲自造的这种惊险,我知道有句老话叫做"江山易改,秉性难移"。

可是,对于挤公共汽车的"爱好",难道真能说是我母亲的秉性么?

我们与保定

我祖上所属的县份要修志,曾祖及他的三个儿子均被列为入志的对象。曾祖的长子便是我的祖父,另两位是他的弟弟——我的大爷爷和二爷爷。

县志编纂者来信索要他们的照片。祖父及他两位弟弟的不难寻找,惟曾祖父的照片已无处查询。听父亲说,过去这位老人的照片最多,刻意写真的形象配以灰黄色纸胎,撂起来总有几尺高。然而,没了。不是无意失散,是烧了。你也烧,我也烧,所有的后代都烧,烧了大约五十年吧。最后的两张由我的一位伯父烧于"文革"中。五十年代初老人便病殁,他总像一名不便与新中国谋面的人物。

我们和保定的关系便始于这位老人。老人姓屈,名春霆,字得意。青年时他离冀中老家弃农从军,从清末袁世凯小站练兵时的一名下级军官,直到成为孙传芳的重要幕僚之一,老人经历了军中差不多所有的阶级。后来军阀时代结束,他终于以一名陆军中将衔的吴淞口炮台司令、浙江代省长而告老还乡。再后来因他拒邀与阎锡山为伍和为日寇供职,即长期避居西安。老人戎马生涯的起点便是保定,北城的"双彩五道庙"里有他的宅院。

双彩五道庙里一条窄长的灰色小街,附近有浆铺,有"反正绱鞋"的小店。清晨,总有人自备鸡蛋走进浆铺,要求炸馃子的师傅将鸡蛋磕入面团,炸成荷包。我的大爷爷屈保生就生在这里,他的名字像是作为他生于保定的凭证。祖父和二爷爷虽未生于此,但都在这里生活过。

历史把我的曾祖父从冀中平原一个与世无争的黄土小村抛入那个兵戎相见的时代,再把他抛进一个貌似"达官显贵"的阶层,使他连照片都难以在后代手中光明正大地流传。而他的后代却是作为另一种形象从保定步入社会的。

祖父屈清辰在保定生活的时间不长,据说保定只给他留下了童年时在城东金庄池塘边嬉水的回忆。再就是武昌起义后曾祖父受命从保定开拔时,孙传芳夫人资助他们母子纹银二十两回归故里的故事。后来他做了医生,还是当地第一代共产党员,第一代国民党员。解放后他倒常进出于保定,那是因为各种会议:省人大会、政协会和卫生界各种专业会。

我的大爷爷屈保生和保定的关系却富戏剧色彩,他差不多是作为一名少爷进入保定社会的。他一表人才,善表演,尤其长京剧余派。据说,当时保定的戏院挂出"名票友屈保生献演"的招牌时,戏票顷刻抢购一空。然而因了曾祖父的反对,他终究没有"下海"。即使当他从北京"中大"和白杨一起考入一个专学电影和话剧表演的学校后,还是由于曾祖父的阻挠未能如愿。抗战开始后,他由西安进入山西根据地,长期在刘胡兰的故乡文水县任职。传说当时已是共产主义者的屈保生,身上仍残存着书生加江湖气。他曾主持当地军民修建水泥拱桥一座,命人在桥上塑下"保生桥"的字样。此事曾遭贺老总的点名批评——我党早期的树碑立传吧。解放后,这位建桥者在青海搞起农业,"文革"中吃过苦头,大约也因为在保定唱戏和"建桥"的事。七十年代他病逝于上海,当时是青海农林局长。

与屈保生相反,作为保定育德中学数理化一向优等的学生,我的二爷爷屈鄂生(显然生于湖北),抗战期间在西北却"下海"搞起了文艺。他在贺龙领导的"西北战斗剧社"任过副社长兼作曲,化名杨戈。国内至今沿用的《哀乐》便是他和另一同志为一出歌剧所写的插曲。他的另一首器乐曲《翻身的日子》至今也被演奏着。直到全国解放他才"归口"搞起了他的专长:工业,曾在西北局和中央哪个工业部负责计划司。黄宗英在她的报告文学《大雁情》中写道:"杨戈同志沉默半晌,说:'宗英同志,你……写吧,你就写吧,我们支持你,不要怕。'"那便是这个杨戈。当时他大约是陕西省科委负责人。不久他也病逝。

他们兄弟三人选择的革命道路,显然和我的曾祖——那位老爱国军人有关。

解放后,除了曾祖父五十年代初在保定双彩五道庙小住过之外,他的两个儿子都没有来过保定。在保定久住的倒是我的父亲,但这已和双彩五道庙无关。他是作为一名年轻的文艺工作者,穿着"华大"的灰制服,打着腰鼓进保定的。之后便是我和妹妹的诞生,和保定这条断了的线又从父亲这里续了起来。虽然我们在"籍贯"一栏没有写过保定,父亲的半生却联系着这块热土。我中学毕业后,是保定人敲锣打鼓把我送到保定农村,几年后,我又作为一名文学青年回到了保定。

当我们一直苦于没有曾祖的照片入县志时,几天前我接到由西安寄来的一张旧照片。照片上是一位白须老人,脸盘、眼神和紧闭着的宽阔的双唇,一切都告诉我,这是我的祖上。父亲也奔了过来,只说了一声:"照片,有了?"寄照片的便是杨戈的长子屈长江,现在西北医科大学任教。听他的叙述,也许这是老人留在世上惟一的一张照片了。我忽然有一种心情:老人活着应是一百一十岁了。现在他又返回阔别已久的保定与我们团聚。

说不清是不是上述的缘故,使我从小就喜欢老作家们对于保定的那些描写,我更愿意身临其境,那时双彩五道庙也仿佛成了哪位作家笔下的一条街。我相信文学是需要源远流长的思念的。

这座古老而又新鲜的城能给我激动和宁静。这座城仿佛是连接我的过去与未来的一个世界。

1988年1月

真挚的做作岁月

难言的母女共学

一九七五年我高中毕业时,知识青年上山下乡运动已近尾声,一些城市的政策也开始灵活起来。比如我所居住的城市河北保定,就规定了老大可以免下。我是老大,我惟一的妹妹正读小学,似也不存在我留她下的危险。我的同学都羡慕我的好运,然而我却报名要求去农村落户了。

因了我的行动,保定市曾经不大不小地热闹了好一阵。我先被邀请到许多单位去"讲用",我根据当时两个最著名的口号,联系实际做着发挥,讲着。那口号叫做:坚持无产阶级专政下的继续革命,限制资产阶级法权。当地报纸和广播也做些"插科打诨"的报道,说我母亲曾反对我去农村,我便与母亲共同学习《毛选》,后来母亲终于搞通思想同意了我的革命行动。对这则无中生有的报道,我母亲至今还耿耿于怀,非常之不满意。当时我对这报道却并不以为然,既是革命就得有对立面,这似是报道的规律,也是人活着的规律。再说这"对立"也并不伤大雅,不是一学也就通了吗?但我始终不忍心把这"母女共学"的情节加进我的

"讲用"内容,不是没有人这样提示过我。

行前我还作为知青代表,在昔日的直隶总督府(市委)门前,面朝一街欢送的车队和红花发言。这热闹一直延续到我插队的县,延续到我的"点"上。

那时我常被自己的热情所鼓动,它鼓动着我从热情中又生出热情,在农村没有虚度四年。然而从那时起我实在又有着难言的不安,我那被社会称道的行为,实在还有着难言的隐秘之处,这便是我和文学过早的不解之缘。我的决定和我文学的启蒙老师徐光耀有着藕断丝连的渊源,那时他就肯定过我的文学开端。

徐光耀和女高尔基

保定有座名胜古迹叫作古莲池,面积不大,有亭台楼榭,有很好的碑文:米芾、怀素、乾隆都有。这里明时为书院,清时曾作过行宫,几经沉浮的作家徐光耀就住在它的一个角落里。他似是刚被从农村召回,参加一个报告文学集的编写,那集子要以文学的形式报道一个部队的卫生科,前不久他们刚刚从一个乡村妇女肚里挖出一个九十斤的大瘤子,被上级命名为"全心全意为人民服务的先进卫生科"。那位卸掉瘤子的妇女,也因被这先进卫生科卸掉瘤子而成了大队支书和当地知名人士。写这样的集子需要高手。

徐光耀被安置在古莲池一个荒芜的角落里,房子大约只八平方米吧,但门前有影壁,有几丛微黄的毛竹和营养不良的玉簪。我第一次走进那里,总觉着是走进了"聊斋",后来仍然能从那里联想到《聊斋》里那些神秘伤感的故事。

我揣着两篇作文,由我父亲带领来拜见徐光耀了。那时我十六岁,念高一,我盼望从他那里得到什么是小说、怎样写小说的答案,父亲则更多地希望他为我的作文(我的文学才能吧)做出些鉴别。因为在此之前父亲对我的文学兴趣也产生了朦胧的信念,他是画家,家里也残存着几本中国的和外国的小说。

我向徐光耀出示了我的作文,他有些漫不经心地把它们搁置在一张大而坚实的硬木写字台上,然后就和父亲谈起了别的,关于时局发展的预测,还有郑板桥和陈老莲什么的。我只盯着那块被作为写字台面的大理石,和桌下那块与写字台可分可合的镂花踏板,想着历尽沧桑的徐光耀是怎样保护下他这张桌子的,它那么大,那么重。我盯得时间越长,就更能证明我是被冷落一旁的。后来他总算没有让我把作文带走,于是就有了第二次的见面。这次他谈话的中心是我的作文,他非常激动,连着说了两个"没想到",还说你不是问什么是小说吗?你写的已经是小说了。

我的两篇小说写了两个孩子,一篇是写一个爱动爱闹的女孩子在"批林批孔"运动中是怎样生动地讲起了批判孔老二的故事;另一篇是写一个乡下男孩和几个学农的城市女学生的友情,这便是《会飞的镰刀》。徐光耀建议我把《会飞的镰刀》寄给一个编辑部,我按照他的意见先寄给了《河北文艺》,但他们没有用,当时做着编辑部主任的肖杰同志却给我写了一封热情洋溢的亲笔信。许久我才从那信中悟出了道理。他们所以不用,是因为那里没有阶级敌人,作为主人公的那个乡村少年也不高大,且有缺点。这篇小说一年后却被北京出版社收入一个小说集里,后来我一直把它作为我的处女作。对于北京出版社和对于当时这小说的责编、现在的中国少年儿童出版社总编庄之明,我永远存有感激之情。

我受了一位作家的鼓动,十六岁的心立时被激荡起来,在莲池里故意多穿几个亭台走着,想着,或许我也能成为一个作家吧?那么就该发誓去追求作家所应具备的一切,包括我朦胧中所了解到的关于深入生活什么的。但我惟独没想到我这追求又是多么冒险。

父亲却支持了我的冒险。在那些日子里,他的议论也总离不开中国农村。他用不懂得中国农民就不懂得中国社会这个道理来启发和安抚我,那启发和安抚是毫不犹豫的。直到十几年后我当真成了一个作家,父亲才常常为那时的行动而后怕起来。"也真有些后怕,万一要上不来呢?我们又没有任何后门。"他说。我也常常把这看作是一个知识分子那难以克服的"傻天真",作家、文化当时对于他不也是海市蜃楼吗?倘稍有世故,这一切又何必呢,保定又有了可下可不下的政策。

母亲和我一起学"毛选"的故事虽是杜撰,但对于乡村她一向是惧怕的,这或许和她自小生活在城市有关。她深信当时一切关于女学生下乡碰到厄运的传闻,我临走前,她手拿刚注销了我姓名的户口簿还热泪满面地说:"难道你真能成为中国的女高尔基?"然而这已不是在劝我回心转意,仅是母性那种无奈心绪的流露。

我盯住这个少了我的户口簿想:原来一切都是真的了。难道非要去了解中国农村不可么,你这个"女高尔基"?

我的农村日记和日记中的我

大约因为我是热闹着而来的,所以我进点后(或许进点前)便被指派为这个点上的副组长了。

我所在的点是距保定一百多华里的博野县张岳村,这是一个四周有着平原和沙丘的中等村庄,村里多榆、柳树。坐北朝南的平顶土房和砖房永远沐浴着平原上的阳光,家家房前都有一个木梯子,房顶上常年摊晒着应时的农产品。到冬天不再有东西摊晒时,玉米和薯干便就近堆入玉米秸编起来的圆囤里。开始我们这十几名学生就分散住在这种窗前有梯子、房上有圆囤的农家里,直到后来我们也有了一个两排红砖瓦房和每个房间都配有桌子和水缸的真正的"点"。但"点"的房子很潮,冬天铺在床板上的麦秸被我们的体温暖得长出麦苗,纤细的麦苗在潮湿的麦秸里蜿蜒着生长。房东家的老炕则干燥,炕席被火炕烘烤得乌金乌金。

我到底没有白白面对一街车队一街红花表决心,我努力把到农村去坚持无产阶级专政下的继续革命、限制资产阶级法权变得真实。面对这个豪迈的口号,有时我真的忘却了我那个显得萎缩的个人动机。原来一个高深莫测的口号不是不能被人理解运用。我得知戈培尔说过的"谎言重复一百次便是真理"是很晚的事,但我又不能把这一切形容成谎言的重复,那是中国历史进程中的一个环节。后来我的一切变得更加自觉自愿,连自己的容貌也愿意过早地去酷似农民,那就要把自己晒出来。为了这"晒出来",在八月的正午我竟坐在棉花垄里晒太阳,致使我的脸颊疼痛难忍,层层爆皮。我愿意使手上的血泡越多越好,我愿意让农村的女友捧着我的手把麦秸杆编成的戒指套上我的手指时,看到这双手上有十二个血泡。那正是我过十八岁生日时。我十八岁的生日也因有了这十二个血泡才变得分外辉煌。直到我的一个名叫素英的农村女友捧着我的手哭起来时,我的心才有了得到回报的满足。

素英是个小巧玲珑的农村姑娘,很会整理、爱惜自己,也格外爱惜我。我们的友谊保持了很久,直到我回城后,素英出嫁去北京办嫁妆还住在我家。我为她铺好一个临时折叠床,她睡觉脱衣时仍习惯地站上床去。像平日踩在炕头上那样,这使得她像踩钢丝那般东摇西晃。我妹妹暗中为她的举止发笑,我便斥责妹妹,想着素英是怎样捧着我的手哭。

妹妹笑,那是因为没有一个真正的农民朋友将热泪洒上她的手吧?至今我总觉得城市女孩子的热泪是少了些魅力和打动人的分量的。

在我的农村日记里,我不止一次地提到过素英和她那灵巧、短小、粗糙的手。

我的农村日记几乎没有中断过,下乡四年我差不多写了近五十万字的日记、札记。许多年后当我再翻看它们时,虽然其中不管崇高与空洞、激进与豪迈,一些描写甚至令我汗颜,但我对那个点上的回味,对那时的我的回味,对一个时代的回味,也正是靠了它。那是一个现在的我在审视一个过去的我,其实那个被审视的我也许更真实。

一九七五年七月,队里让我们回保定换季。我在家里住了几天,家里像迎接国宾一样迎接了我。离家时,母亲含着眼泪把我送上长途汽车。作了几天"国宾"的我回到村里,立即写下了一篇日记:

一九七五年七月二十三日

今天,妈妈含着眼泪把我送下楼梯,我却笑着把她劝回家去,怀着一种逃出保定的心情进了长途汽车站。

这两天,我吃着大米饭、肉包子,却总觉着它们比不上我们亲手摘的西葫芦、大北瓜做成的熬菜,亲手拉着风箱做出来的卷子、饭汤香甜。睡着平整、松软的大床,却总是翻来覆去,脊梁底下像有石子硌着,这使我更留恋婶子、大娘那铺着金席的火炕。躺在这炕上,听着半导体里祖国四方的声音;围坐在炕上,讨论过中央文件的精神,想着我们张岳的未来,直到三星西落、窗纸发亮……我在城里走着看不见土星儿的柏油马路、松木地板,却更贪婪那一处土窝儿、一片土坷垃、一条条铺严"竹帘子""星星草""刺儿菜"的张岳的土道。我和多少城里人握手,却更渴望握一握张小爱大娘的粗手、善增大叔的硬手和素英的巧手。喝着消过毒的白开水吃冰棍,却更馋那打一桶水要摇一百下辘轳的井水和垄沟里飘着狗尾巴草的流水。

张岳,你的女儿终于回来了!

我每每读着这篇日记,就仿佛看见一个昧着良心从家里溜走、吃得肥头大耳、放下筷子就骂娘的小贼。但我怎么也择不清这里到底有几分真意几分虚假,甚至每每因了它内含着的那无边无际的虔诚而自我感动。然而这虔诚实在又包容着连自己听来也战栗的做作,它虽然做作的一切都合情合理、天衣无缝,然而日记以外的我却常常有着不能自圆其说的破绽。

我念小学的妹妹来张岳村看我,她最喜欢骑我们生产队的毛驴,她也愿意来农村和我做伴。我也向她表示,为她从小就知道热爱社会主义新农村而高兴。后来她真郑重其事给我写了一封信,说:

亲爱的姐姐:

我现在已下了决心,毕业以后向你学习,听毛主席的话,到农村去,到边疆去,到祖国最需要的地方去。

现在,全国正在开展痛击右倾翻案风、大赞新生事物的轰轰烈烈的革命运动。我们学校人人争当回击右倾翻案风的闯将,争当开门办学、走"五·七"道路的促进派。

姐姐,我再次向你表决心,毕业以后,一定响应毛主席的口号,扎根农村,干一辈子革命。让我们团结起来,沿着毛主席指引的金光大道奋勇前进吧!此致
敬礼!

接信后我一阵心酸,一股凄凉之情油然而生。我实在不愿

相信这是一个小学五年级学生的来信。我特别害怕我妹妹的决心,还很为这信流了些眼泪,之后急忙写信询问家里这是怎么回事(虽然妹妹离中学毕业尚为遥远),直到家里来信说,这是语文老师给学生布置的一篇作文,还要求学生们把这篇作文真的寄给他们在农村插队的哥哥姐姐,我这才放下心来。

那时村里小学正缺老师,大队书记和我商量让我去补上这个令人羡慕的差事,那书记便是我在前面提到过的善增。他为人厚道,从来都是管知青叫学生,给学生派活儿时专拣轻活儿。有一次竟让我去推车卖豆腐,悄悄对我说那活儿不出苦力,出工也不论个时晌。我真去卖了一次,结果因驾驭不了那豆腐车而告终。

善增让我去当老师,我却拒绝了。我在日记里说:"我可不能出了校门又进校门,在农村我永远是一名小学生!"

有时我们也敲八林的门

这文章开始时我就说,我插队时上山下乡运动已是尾声,政策也灵活起来,各地甚至都为自己的儿女能侥幸归来创造些更活的政策。但口号照样是豪迈和光明磊落的,比如"厂社挂钩"——我们就是学着这个口号的方式被"挂"下来的,据说这口号是湖南株洲创造的。

我的履历和"厂"并无任何关系,父母都是知识分子,当时都过着飘摇欲坠不安定的生活。可正如我们村主管知青的党支部委员进钢常说的:"政策是死的,办法是活的。"看来这句话也并非他的发明,当他咏诵着这句话为自己的村子、自己的臣民在死政策下找些活办法时,城里也早有人咏诵着它在做了,我不知这是不谋而合还是这活办法的不胫而走。但这"厂社挂钩"的经验也莫名其妙地使我和保定一家工厂的子弟们共同就近插队在张岳,至今我也弄不清这是因了哪个环节的松动。和我性质一样的还有两个女友,一个叫刘元梅,一个叫王陶。刘元梅的父母属于政府系统的哪个厅局,夫妇都是"民盟"的盟员;王陶是大学教师的女儿。如今刘元梅正学着她的父母那样,在省里一个民主党派机关工作,王陶则已是华北电力学院的教师,她是在一九七七年大学刚恢复招生时考进这所学院的。那时的王陶举止利索充满着朝气,刘元梅却像个善净而又不多嘴多舌的好大嫂。我们三人那时同住一室,一直保持了友好的关系。

我们即是被一个厂"挂"下来的,又是少数,总有些名不正言不顺之感。尽管我正以一个副组长的身份,在"统帅"着一群名正言顺的年轻同伴,但"人以群分"的道理还是把我和刘元梅、王陶联得更紧些。再说多数派的同伴也确有些名正言顺的气势呢。比如当我们的新点建成、院子尚无一个大门时,与张岳村"挂"着"钩"的保定那家厂方,就毫不吝啬地把用铁棍焊好的两扇铁门送进了村。那铁门高大,有着"巴洛克"的风格样式,它使我们的点显得格外有气魄。安装大门时曾招来全村许多老少,如同过年。我也总觉得,我们点在县里一直处于先进,来点参观乃至开现场会的人不断,好像很和这两扇门有关。当时全县比我们寒酸的点还有几处,寒酸对上面而言怎么也不能算件好事,当时的大寨社员不是也住着青砖楼房吗?当然,厂社挂钩的经验还远远不在于保定的某厂仅能给张岳的点做两扇铁门。有些知青能比我们早回城，显然也沾了这挂钩的光。

我和我的两位女友通过这铁门出入着，下地，开会，挑水，拉煤，筹菜……有时晚上也从这门里溜出去干些不宜记入日记的事。在日记里我一边歌颂着张岳浑黄的井水，锅里那灰暗的干菜汤，而我的肠胃却不顾我的歌颂，总向我提出些奢侈的要求。后来我从一些讲男女有别的知识小册子里也读到，奢吃零食的习惯女性是甚于男性的。说白点，面对一些零食，女孩子常表现得十分的没出息。闲着两手捏几个瓜子，反映在文艺作品里甚至成了那些不正经女人的经典形象。然而大多数女人不顾这些，还是盼望着抓挠一点零食，哪怕是一把瓜子。

那时的农村尚无被搞活了的经济，街里有个供销社，是全村人惟一的经济中心，里面有属于官方专营的盐、铁，只在做工潦草的货架上也摆些红烧带鱼、糖水红果罐头和七八角钱一瓶的葡萄酒。那罐头我们是望尘莫及的，然而酒我们却喝过。有一年元旦，我、刘元梅和王陶插起门来就着柿子喝酒，致使刘元梅起了一身猪皮模样的疙瘩，且伴有呼吸短促、瞳孔扩散。在惊恐之中我想起酒精中毒这四个字，才猛醒这酒是酒精兑水而合成的。那晚，我和王陶整折腾了一夜。我记得热敷法可以消肿，就烧了一大锅开水，把所有的毛巾、枕巾都揾在锅里，再将这一锅毛巾一次次地揾在刘元梅身上，天亮时刘元梅居然消了肿并恢复了正常的呼吸。

许多年后，有一次我在美国时，东道主请我们在旧金山一家著名的海鲜酒家吃牡蛎，喝一百八十美元一瓶的法国干白葡萄酒。我向一位汉学家讲起那次刘元梅酒精中毒的事，他说，酒精兑成的酒全世界都有,然而人们都在喝。这里卖者和买者都有明知故犯的味道。而我们那时不懂这些,以为酒就是酒,天下的酒都一样,如同就懂得全世界人民心中只有一个红太阳,地球上四分之三的人民都等着我们去解放人家。

和村里这个盐、铁专营的供销社相抗衡的惟一一家商店(如果能称其为商店的话)就是八林老头的地下商店。

八林从名字到他的"店"都似带有土匪和匪窝的味道。在他的小黑门里,有一毛钱一斤的酱油和八分钱一斤的醋,也有更属非法经营的国家绝对的统购物资——花生米。八林的地下商店当时为什么不被取缔,我始终不得而知,也许连支书善增有时也到八林的"店"里买酱油接短吧。大家都需要接短,都知道他那酱油、醋里掺着大量的水,如同全世界所有人都知道有酒精兑成的酒,然而人们都买,都喝。

八林卖酱油不光掺水,且自有一套操作方法。他的酱油缸被隐藏在他里屋的黑炕边,缸盖被几件衣服遮严,只待有人来买时,他觉出来人可靠才揭缸。缸揭开后他也并不忙于用"提",而是先将"提"在缸里狠搅一阵,使缸里的液体随着"提"的搅动充分旋转起来,然后才猛下"提",猛提起,再将那仍然旋转着的液体倒进顾客的容器。开始我们不解其意,后来一个名叫春生的聪明男生才将其中的奥秘告诉我们:酱油在"提"内旋转着被提起时,总要旋出一些在"提"外的,一种离心作用吧。春生用一只盛满水的缸子在手里旋转着。然而我们还要去和八林做这种既非法又上当的交易。"上当受骗就一次",是需要有一个繁荣、合理的经济环境的,你才能有挑选的余地。那时没有这余地。

我和我的两个女友不光"出差"为点上买酱油买醋,慢慢也受了他那稀罕珍品花生米的吸引,诡秘、谨慎地去敲八林的小黑门了。吱嘎,小黑门在诡秘中打开了,八林一张永远拖着鼻涕、木刻似的长脸审视着我们,我们也在他的审视下懊恼着自己,直到八林愿意接待我们。

八林领我们在黑暗中穿插进屋,在油灯下将一些什么东西移开,把正在淌着的鼻涕"拧"净,手在鞋底上蹭蹭,才去抓花生米。他这种先净身后取货的程序,常常使我们觉得他的货更娇贵。

一把花生米揣进了口袋,我们在黑暗中走着,一粒粒摸着吃,计算着吃完它应用的时间,力争在进门前吃完,不留痕迹。当点上那两扇铁门横在眼前时,身上正好是"弹尽粮绝",财物两空,才想起原来这要花去半个月的工分呢。然而又觉得这实在值得,因为这里不光有女人的奢侈,还有冒险的愉快。

我对杨贵和毛泽东的悼念

一九七六年,我在村里悼念了两个人:一位是杨贵,一位是毛泽东。

杨贵是村贫协副主席,革委会委员,贫管校长。党支部派我为杨贵写悼词,开始我很为难,因为我没写过这类文字。支书说你就拣着好的说吧,别忘了结合形势。我仿照耳闻目睹过的广播、报纸写起来。在追悼会上我亲自朗诵,收到了难以想象的效果。我在日记里翻到了这悼词:

> 张岳大队党支部全体党员、团员、民兵连、妇联会、贫协、全体贫下中农、知识青年以极其沉痛的心情哀悼:张岳大队贫协副主席、革委会委员、贫管校长杨贵同志,因患脑溢血,于一九七六年六月十日下午七时在博野医院逝世,终年六十岁。
>
> 杨贵同志是中国共产党的优秀党员,是中国人民忠诚的革命战士,是我村久经阶级斗争、两条路线斗争考验的领导……

接着,我在简要记述了他的事迹后,又写道:"他的一生是为共产主义奋斗的一生,是坚持继续革命的一生。他的逝世使我党失去了一位优秀党员,是我党我国人民的重大损失,引起了全村贫下中农的极大悲痛……"

当时我想,凡是该配上悼词而被送终的人,这些字眼对于他们都不会过分吧?既然至死都保持了共产党员的称号,那么他必然是继续革命着活下来的。许多半途而废的党员,当然都是不善于继续革命的缘故。有了这个先决条件,"损失"和"悲痛"都似成了合情合理、可多可少的形容词。

现在我重读着这悼词,想着杨贵和我们的交往。

杨贵和我们点是对门,大约抗日和解放战争时他曾打过仗,后来由于负伤而退役,现在是一位尖脸、缺牙、有着轻度颠脚的瘦小老人,人们都叫他杨贵。杨贵瘦小,却有着功臣般的霸气。他那瘦高的老伴和七个参差不齐的儿子也因之显得自负,在村里他们大有说一不二之势。当年的我们和许多张岳人一样,对这家人充满着预先准备好的、无条件的敬重。比如他家人随时可来我们伙房拿葱拿蒜、拿馒头、烙饼,我们必得表现出些热烈欢迎;谁都知道杨贵家偷电,然而谁都得"包涵"着。当他家明明把电线挂在我们点上时,我们也必得生出几分他偷得应该的大度:难道他不该偷吗?他因战争负伤腿脚不好,你能让他在黑灯瞎火中摔跟头么?杨贵也许是审度出我们的觉悟了,便更加打着我们点上的主意。那年我们养了一口猪,大家费劲拔力地把它养到了一百三十斤,但离年节尚远,还没有杀猪过年的打算。杨贵来了,端详着猪在打主意,这主意显然不是立时"打"出来的,对这猪,杨贵似早有预谋。他端详一阵说:"这猪有病。"那风度酷似一个阴阳先生在相看这宅院的风水。

"给治治吧,没准儿您有手艺。"有人答道。

"治不好。"杨贵说。

"那可怎么办?"又有人问。

"杀了吧。"杨贵说。

"离过年还早着呢,多可惜呀!"有人说。

"杀了总比死了好。"

杨贵说要杀猪,那么,猪得杀。谁杀?当然是杨贵。这时杨贵不但成了我们的救命恩人,而且还真要为我们付出点什么了。至于猪为什么非杀不可,猪病到底能不能治好,就不再有人追究,因为这是杨贵的倡议,杨贵的指点。

于是猪在一片欢腾中被宰割了。杀了也罢,人们已经在为点上能拥有这一百多斤猪肉而兴奋起来。但人们却忽略了一个关键问题,便是这杀猪人的报酬。现在面对眼前这口白净的猪,杨贵却毫不掩饰地把条件提了出来,那条件是苛刻的。当我们都觉出这条件难以接受时,杨贵却已下手了。他先把猪的上水下水(五脏六腑)归入自己早已备好的盆中,又割下那个硕大的猪头,再则是四个肘子(那肘子所带走的肉也足使我们目瞪口呆),最后是将这猪拦腰斩断割下尺把宽的一块正肋,并割下那个几乎被遗忘了的猪尾巴。

那时我们站在一旁真有点自己被解肢的感觉,心疼啊!但当时我们谁都没有把这和掠夺联系在一起,还侥幸地想:也许除了那块正肋,杨贵拿走的都不是猪肉的珍贵之处吧,难道他能掠夺我们吗?一个打过仗的功臣。然而心疼还是难以缓解。

杨贵运走自己的所得,还不忘回来告诉我们,煮肉时别忘了放一把花椒。

杨贵杀猪一个月后,杨贵本人死了。

在杨贵的追悼会上,我念着悼词,哭着,许多人都哭着。也许是我那悼词当真打动了人,若配以哀乐,我想人们还会表现出些更大的悲痛。我哭着,还看见了他那最小的脸色青黄的儿子,这小儿子才七岁。于是我哭得更加凶猛起来。

哭有时并不完全依靠你的真情实感,还应依靠些贴切的氛围吧。如同人的恐惧感,有时你听到一个关于鬼的细致详尽的故事并不害怕,然而一个扔在路边正在焚烧的死人枕头,倒能令你毛骨悚然。

距杨贵的死两个多月后,毛主席去世了,我却没有表现出比杨贵的逝世更大的悲痛。至今我仍然为那些日子里的我而惶惶不安,尽管我在我的日记里记载过我那悲痛着欲罢不能的心情,记载过自己将悲痛化为力量的誓言:"今天啊,您一定能听见远在辽阔的冀中平原悼念您的知识青年的心声。那如林的臂膊,那万水千山中传递的誓言,摇颤了宇宙,震荡着太空……"

在很长一段时间里,我仿佛真能看见一个伟岸的身影在空中注视和谛听着这群知青如林的臂膊和誓言。然而我始终没有涌泉似的眼泪。

一九七六年九月九日下午,我拉着一辆小车,去玉米地装玉米秸,刚出村,一个女生就追了上来。她显得神色慌张,一副不知所措的样子,迫不及待地对我说:"听见广播了吗?""什么广播?"我问。"毛主席死……死了。"她说。她把"死"尽量说得含糊,但那神色又执拗地告诉我,是死了。我说:"广播错了吧?"她说:"没错,是死了。"

我们俩互相看看,一刹那都觉出有些尴尬。我想,我们都是因了没有立刻抱头痛哭而尴尬。然而心是慌乱的,慌乱一阵做出决定:只有改变行动不再去地里拉玉米秸,才能抵消这尴尬时刻。不是有那么一句话吗:"都什么时候了。"对,都什么时候了,你还去拉玉米秸。再说当时我那行动的改变并非因为明确的理智,完全是感情的驱使。是感情支配着我,我不能再到地里去,应该掉回头去点上做些和这个时刻相称的事。在回去的路上,我突然觉得我像是一个无家可归的孩子,一切都变得空旷起来。我愿意把那时刻想成"眼泪往肚里流",我以为我应该把自己想成这样,凭了我对领袖的崇敬和诚实。

晚上我们做起花圈。男生们从很远的地方采来柏树枝,我们全体知青不分男女坐在一起,把柏枝和白花绑在秫秸扎成的框架上。谁都没有言语,不久都哭了起来。我也真的掉出了眼泪,虽仍不似同伴们那样汹涌,但已不再是流在肚里了。我以为这是借助了这柏枝的缘故,如同你看到杨贵儿子的黄脸,看到路边一个死人枕头。也就是在这个有眼泪时刻,我才记住了柏枝清香和苦涩味。

至今当人们在谈论毛泽东这个巨人的种种失误时,我倒愿意抛开这些去回忆一下那柏树枝的清香和苦涩味。虽然从理性上我也知道,是他老人家的挥手才使我做了四年农民,才亲眼得见杨贵是怎样以他的权威和心计掠夺着我们。但也正是有了我在生活中和杨贵的巧遇,才了解到四只肘子的价值。与此相反,人越来越聪明、越来越世故却并非只因你认识了四只肘子的价值。

素英遇见"庄客"

我不愿把那时的岁月形容成一个做作的岁月,做作的应是我们那种要岁月认可的心态。难道一切都是因了杨贵割走的那四只肘子,才使得我们学会了聪明?当我在了解着农民、了解着中国农村时,到底是谁俘获了谁?这像是一本永远没完没了的糊涂账。我庆幸我到底没有枉做四年农民,我毕竟是为着以一个真实的自己去认识那些农民的真实而来的,因此在做作的背后就有了一个不曾做作着的我。比如我在用"坚持无产阶级专政下的继续革命"武装自己时,也曾相信人间有鬼。

在一个初冬的早晨,素英请我到她家去吃饺子,我刚进门她就一头栽到炕上不省人事了。接着便是口吐白沫伴着浑身的抽搐,牙齿紧咬着舌头。我被吓得呆立在炕前。素英的母亲,一个四十多岁的大娘却不慌不忙,她胸有成竹地对我说,这是遇到"庄客"了,素英昨天就从坟地里走过。

庄客是鬼的一种,张岳这一带都知道庄客这东西,他们平时潜伏在坟地里,你走过时趁你不备附上你的身,直跟回你家中取闹。他们的形象被人形容得可丑可美,出入甚大。

我说:"这该怎么办?"大娘说:"不着急,咱们把他赶走。"她一面说着从炕席底下摸出一沓纸钱,划火柴点着,两条胳膊抡打着便唱起来,意思是请庄客把钱带走,宽恕素英。但庄客一时不走,他还在折磨着素英,素英已将自己的舌头咬出了血,血沫在四周喷溅着。于是气氛更加紧张起来。也许大娘懂得庄客的活动规律,她指示我赶快上炕将窗扇打开。我按照她的指示连忙跳上炕打开窗扇,并学着她的样子张开手臂在屋内轰赶着,深信那庄客就在屋里和我们周旋。大娘又烧了些纸钱,唱的调门更加高昂起来,我也加快些轰赶。很过了些时候,大娘看看素英,终于松了口气说:"走了,从窗户里走了。"素英得救了,我也停止轰赶回头看素英,她真的浑身松软下来,松了舌头睁开双眼也连忙说:"庄客走了我得救了。"我抱起素英激动得失声痛哭起来,为我的女友得救而痛哭。

很久以后我想,素英患的也许是癫痫吧,癫痫病人在发作时大都抽搐着咬舌头,病重者犯起来可以致死。比如来华援助过中国抗日的柯棣华大夫,就是患了癫痫而死。然而每每想起那时的情景,我从来没有讥嘲过大娘和我的愚昧,因为那时我是真实的,我只相信着,做着。

但人类并不是有了相信着的真实就有了一切。你那么真实地相信着,这真实却偏偏正和你开着不大不小的玩笑。来到人间的庄客不是每次都可以轰走的吧。

然而人类的一切文明还是起源于相信着的真实,才有了一切学说,才有了金字塔和长城,才有了人原来是可以不随地吐痰的设想,才有了解放了的新中国,才有了知识青年的上山下乡,才有了知识青年的回城。

一九七九年初春一个晴朗的早晨,一辆马车拉着我和我的行李离开了张岳,从此我再也没有回到那里。临走时,领导过我们的那些领导都已更换,人们说他们都是"四人帮"的爪牙。我去看望被关进牲口棚的主管知青的支委进钢大伯,想着"时过境迁"这句俗话。那时为了我们,他用的"活办法"从来都是细致入微:冬天我们潮湿的屋子里很快就能升起奢侈的煤火,连每屋配备一把新壶他都想到了。而当他生病,我们给他送去红烧带鱼罐头之类时,他却要他的小孙子将东西退回供销社,把钱又还给我们。现在他扒住窗棂对我说:"走你们的吧,别惦记我,我没事儿。政策是死的,办法是活的。"

我坚信这句话做起来的艰难,也坚信这句话的真实性。因此每当我听见、看见关于新时期生动、活泼的农村政策在哪个地方开花结果时,便想起张岳和领导过我们的那些把死政策变成活办法的大队干部们。辛兴大队,在全国都享有很高声誉的、以办乡镇企业出名的河北蠡县辛兴大队离张岳村才几十华里。我总仿佛看见进钢大伯正在和什么人签署着什么文件、合同,装卸着什么货物,于是又记起罗马尼亚诗人索雷斯库一首名叫《遗产》的诗：

> 从古代到中世纪，
> 从全部历史，
> 一列列
> 满载错误的列车，
> 纷纷而至。
> 战术与战略错误，
> 政治错误，
> 各种荒谬的言论
> 和愚蠢的行为
> 细小的疏忽
> 或根本性的错误，
> 沿着每一条铁路运来，
> 不分白天和黑夜，
> 直至扳道工精疲力竭……
> 而我们，这些幸运的继承者，
> 只能忙着卸车，
> 并且签署收据。

一首耐人寻味的诗。但我惟独不愿轻信我们只有装卸错误和疏忽。

1989 年 10 月

我的小传

我生于一九五七年。我来到这世界时,中国一批正直的成人正遭受着不公平的待遇。

四岁前我一直住在北京一位保姆家,我管她叫奶奶。她是一位粮栈老板的遗孀,却粗手大脚,喜爱劳作。和她同住的还有那老板的二房,我管她叫里屋奶奶。我和两位寡妇住在一起,对我负有责任的是外屋奶奶。奶奶十分疼爱我,遇我高兴或不高兴时,便从一个齐腰高的大缸里拿点心给我吃。我很得意,生活得也很踏实。因为我以为那青石缸盖下一定有满满一缸点心。一缸点心总能使一个人的情绪稳定吧,我常因此而忘掉不在身边的父母。

奶奶有些惧怕里屋奶奶,我却不顾里屋奶奶因敌视外屋奶奶而对我生出的敌意,常常肆无忌惮地闯进里屋骚扰。两位寡妇之间便因此而发生争吵。里屋奶奶言语刻薄,我的奶奶常因此暗自流泪。

外婆也住北京,有时我被奶奶领着,去外婆家和外婆作短暂的亲热。她是一位非常漂亮的女人,有工作,还有一个宽大的梳妆台,配有丝绒包厢的机凳。我记得她常常坐在梳妆台前的机凳上等我。那房间的阔大、梳妆台散发出的香气却从来没有给过我奶奶家那般的欢乐。但离开外婆前我必须吻她的脸。我不记得我那时有过发愁的事,若有,这便是有生以来第一件。我不情愿地吻了外婆那很美的脸,赶紧扑向奶奶。当奶奶那粗糙的手抚摸我的脸时,我才又感到舒心和安慰。我需要保姆奶奶的那种感情一直延续到长大后去农村插队,当我生病躺在土炕上,最渴望的便是一双粗糙的、老年妇女的手的抚慰。在乡村,这样的"奶奶"很多很多,她们那泥土般朴实的纯情,给了我对生活永远的爱和感激,如同保姆奶奶给我的一样。

我在奶奶家赶上了大跃进,街道也要进入共产主义。由于我的存在,也许奶奶算是"个体户"吧,我和奶奶一同被联合进街道幼儿园。我不习惯那里的一切,经常趁阿姨不备时逃跑。有一次逃出来走投无路才选择了外婆家。阿姨也尾随而来。当我听见她们的声音时,便奔向那梳妆台的杌凳后面,蹲下,紧紧闭起眼。我以为我看不见自己了,别人便也看不见我,阿姨笑着请我站出来。

以后的我,经历了小学、中学、插队、回城、在一家文学杂志社任小说编辑直到目前的专业写作。

当我作为一个少年被卷进动荡的十年,童年的一切便十分遥远起来。奶奶家那个齐腰高的大缸,就像在哪里见到过的一个原始器皿。孩子们也开始检讨残存在脑子里的不符合潮流的意识了。由于父母境遇的改变,我开始忏悔。我在日记里忏悔自己每日每时的过错,那既是真心实意的忏悔,也是不知不觉的自我表现;我努力认真地用领袖的格言要求自己,那努力里既有自己的热望,也有努力作出的努力。我常常生出一种诉说的渴望,诉说自己对人类那大公无私的敬仰,诉说自己那"私"字一闪念的闪念。只是为了诉说,诉说就是证明。

在我忏悔的同时,父母因为知识分子的身份,被送至"五·七"干校劳动改造。我于是不得不来到外婆家,作为寄居者在外婆的四合院里生活了几年。当年我那漂亮的外婆此刻的境遇也十分地狼狈,我和她之间似有一种天然生成的别扭。如今回首往事,那回忆大半是不愉快的。但我仍然要感谢我的外婆,毕竟她在自顾不暇的境况下收留过我。成为作家之后我经常遇到记者的提问,问我是怎样成为作家的。现在我想说,我最初的、也是最重要的文学启蒙便是少年时的外婆四合院里的那段生活。那院子本是一部微缩的人生景观,该看与不该看的趁我不备都摊在了我的眼前。

保定这座城市在文化大革命中曾被称为"政治特区",它的武斗规模和激烈的派别之争在当时的中国都很有名气。这里曾经是我的家,当我父母因病从"五·七"干校返回时,我和我的妹妹才得以离开北京外婆的院子,回家和亲人团聚。我就是在这时,在武斗的枪炮声中,在文学最沉寂的时刻爱上了文学。家中残存下来的几本破旧书籍取代了我时时诉说、日日忏悔的念头。这看似荒唐、实则在理的变化,也许恰恰证明了文学的魅力:只要人类存在,文学便不会泯灭。文学唤起了人们那么多压抑着、麻木着的意念,不管是大人还是小人。我又想起了保姆奶奶和那个大缸。

很晚,我才生出写小说的愿望,那是高中一年级。我的一篇作文被北京出版社当作小说出版了。那时我对我的文字充满着热爱,因为责编对我那小说作了几处改动,我竟写了一封长信给责编,列举理由达十一条之多,来证明他那些修改的不合理。后来那责编回了信,承认我的道理,并称赞我的"勇气"。

然而"勇气"并非文学的全部,别人给了你平等,并不等于你已经明白了文学。人生在世,能真正弄明白一、两件事情就已经不易。

从一九七五年发表第一篇小说起,至今我已出版、发表长、中、短篇小说及散文、电影文学剧本三百余万字,二十部(集)。其中有些作品曾获得全国优秀小说大奖和各期刊文学奖三十余种;由我的小说改编的电影《哦,香雪》和《红衣少女》亦获得第四十一届柏林国际电影节儿童片最高奖,以及一九八五年中国电影"金鸡奖"和"百花奖"的最佳故事片奖;也有部分作品被译成英、德、法、日、俄、西班牙、奥地利、丹麦、挪威等国语种在国外出版。一九八八年我的台湾版小说集《没有纽扣的红衬衫》在台北出版。

一九八二年我加入了中国作家协会,一九八四年在第四次中国作协代表大会上,我当选为中国作家协会理事。由于我是该届中国作协最年轻的理事,海内外一些报纸还特别做了报道。

一九九二年我被《女友》杂志评为"全国十佳作家";一九九三年我获得第六届庄重文文学奖,并代表获奖作家在颁奖会上发言。我记得在我的发言中有这样两句话:文学不是万能的,但一个国家、一个民族乃至一个城市没有属于自己的文学是万万不能的。

一九八五年我随中国作家代表团访问了美国。一九八六年,我应邀参加了在挪威首都奥斯陆举办的第二届国际女作家书展,并在该书展的"中国作家报告日"做题为"中国的女性和文学"的演讲。一九八七年我参加以已故老作家萧军为团长的中国作家代表团访问了香港、澳门。今年春天,我应美国政府之邀,作为国际访问者再度访问美国。在美国的两个月里,我不想成为一个旅游观光者。当我在华盛顿和我的项目官员讨论我的旅行计划时,我首先删除了好莱坞和拉斯维加斯——通常这是许多外国旅游者对美国的想象。我不否认它们的确代表了美国的一个方面,但我还是有意多选择了一些中小城市和村镇,我更愿意在有限的时间里了解普通人的生活。两个月的时间是不可能真正了解一个国家和一个民族的,我甚至预感到我在美国呆得越久,我能对美国所作的描述将越少。相反,我常常发现一些只在国外住过十天二十天的人,却有本领把感想写成一本大书。我在国外最大的收获,是陌生的土地给了我一种新的视角远看我的民族和我的祖国。再也没有比这种时刻更让我如此强烈地想要弄懂我们自己那常被不恰当地褒扬或者不恰当地贬抑的文化。想要挖掘独属于我们这神秘民族的一切宝藏,想要知道我是谁。

七月,我应高雄市文艺家协会会长萧飒先生之邀访问了高雄和台北。当我在台北与我喜爱的作家林海音会面时,这位身材娇巧、雍容端庄的小老太太给了我特殊的亲切之感。她那幽默活泼、口齿清晰的纯正京腔,骤然间把台北与北京拉得如此近切。我惊奇地倾听她的闲聊,揣度她何以能够在离开北京近五十年的岁月里执拗地捍卫了北京的口音。她的《城南旧事》感动着我母亲那一辈人,也每每令我感动。回来之后,在秋日的夜晚读林海音送给我的未经删节的原版《城南旧事》,耳边尽是台北细雨中她那毫不做作的京腔。思绪又岔开去想起大陆的一些节目主持人和影视歌星,其中越是未曾离过大陆者,却不知为什么越要先在说话上把自己变成这块土地的生人。这时我方才明白林海音捍卫的何止是一种口音呢,她不敢忘却的其实是影响了作家终生的那种根底结实、平凡热闹的童年生活。

十年前我曾经历奥斯陆幽静而又辉煌的白夜。在这样的白夜里我思想过我们的民族和我们的文学,我愿自己能怀着对人类的一种责任,去体味日子,理解人生。不是用心智,而是用心灵。不乞望在智慧上繁衍智慧,否则一切将变得退化和苍白。

生活是不容易的,因为有各种各样的不容易才更动人。我企盼在各种各样的不容易之中给读者以希望,这希望也可以在表现失望中获得。因为没有失望就无所谓希望,正如同我们有时对生活不恭敬是希望生活更神圣。

1995年12月31日